GOBOOKS
& SITAK
GROUP©

GOBOOKS
& SITAK
GROUP©

三日月書版

三日月書版

輕世代
FW121
幽鬼宅急便
04 啥？請問陣師是什麼鬼？
俗人 著
言一 繪
三日月書版

穆方

男，十七歲的高三學生。父親姓穆，母親姓方，兩人姓氏合在一起偷懶取了這個名字。學校所有曠課和處分的最高紀錄保持人，堪稱老師和家長眼中最完美的反面典型。不過鮮為人知的是，穆方是因為家裡欠下外債才故意自暴自棄，想斷了父母的大學夢，以便早日輟學打工賺錢。

為人處事大大咧咧，看似很不可靠，實際上很有原則，被老薛選中成為新任三界郵差，替死人送信。

韓青青

女，十六歲，明星高中高一學生，與穆方不同校。

穆方因為追蹤靈體，誤入女更衣室，撞到韓青青換內衣，就此相識。後又因為一連串事件不斷發生交集，成為穆方的紅顏知己。

不過兩個人在一起時少有和諧，反倒鬥嘴揭短的時候較多。

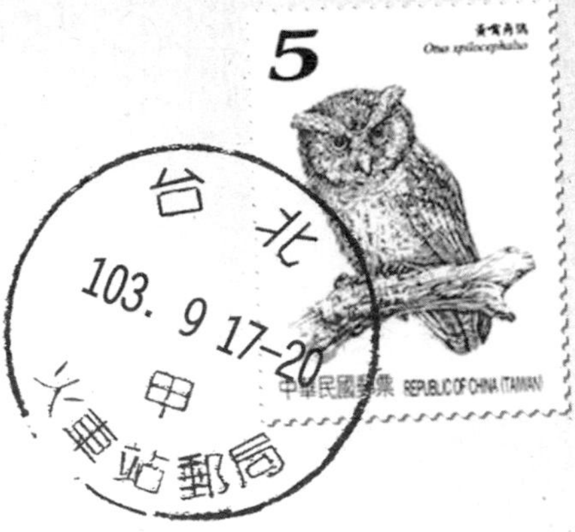

幽鬼宅急便

目錄

AIR MAIL

01

柔道少女和熟人

大考結束後，離成績揭曉還要半個多月。這段時期是高三學生們最輕鬆的時間，但穆方沒打算休息，大考結束第二天就連滾帶爬地上了火車，趕往石坪市去賣畫。

唐伯虎的畫肯定值錢，但在黑水這種小城市賣不出高價，他打算去石坪市試試水溫。

銀行帳戶被凍結，陳天明推三阻四，再加上那些官僚的辦事效率，天知道什麼時候能解決。而且萬一那些傢伙把古畫當成贓物怎麼辦，早賣早安心。

當然，這不是全部的原因。穆方本來沒這麼急，只是大考結束當晚，李文忠說了一句話。

「考完試你沒什麼事，明天開始跟我特訓半個月。」

上次特訓三天，穆方就感覺自己差點掛掉，特訓半個月……還不如直接去地府報到。

走之前，穆方鬼使神差地打了通電話給韓青青。

放暑假了，穆方想看看能不能找韓青青陪自己一起去石坪逛逛。上次自己去安洪時，被她數落個沒完，這次要是不知會一聲，鐵定被罵得狗血淋頭。

沒想到電話沒打通，等了半天都是忙音。

狐疑之餘，穆方也有點莫名的小失落。就這樣，他帶著複雜的心情，坐火車到了石坪市。

穆方別的地方不去，會選中石坪賣畫，其實是因為要見一個人。他本來打算找宋逸來幫忙，但宋逸來和白燕對古玩都不太了解，才替他介紹了在石坪的古董商羅大海。羅大海生意做得不大，但在石坪市人脈很廣，宋逸來已提前打過電話，穆方下了火車，直接去古玩市場找人就行了。

按理說一切都安排得妥妥當當，不會出什麼問題，可不論什麼事，只要遇上了穆方，就少不了出問題的時候。

穆方坐過站了。

等發現時，火車已經開動了很久。

穆方鬱悶至極，只好在一個臨時停靠的小站下車。好在這個小站離國道很近，穆方便打算攔輛車，請對方順路載自己一程。

可穆方在路邊站了半個小時，沒一輛車停下。

穆方一個勁地碎碎念：「石坪人太不熱情了，坐過站沒人提醒，攔個車也沒人停……」

雯雯趴在穆方的肩膀上，抓了抓癢，非常客觀地給出一句評價：「你長得不像好人。」

「靠！」穆方生氣道：「我根本不該帶妳來，別人不提醒我就算了，妳也不提醒。」

雯雯哼道：「你把我裝在袋子裡，我哪知道到站了沒啊。」

「不關妳行嗎，被站務人員發現怎麼辦？」

正鬥嘴的時候，轟轟聲響，一輛旅遊大巴士開了過來。

穆方再度伸手攔車。

大巴士停下，前車門打開，一名導遊模樣的男人探出頭：「要去哪？」

「我要去石坪市，火車坐過站了。這裡搭不到車，能帶我一程嗎？」穆方連忙道：

「我會付錢的。」

「你也太粗心大意了。」導遊大笑：「我們正要回石坪，上來吧，車上還有座位，不和你收錢。」

「太感謝了！」穆方大喜，臉上笑得和花一樣，一半是因為有車坐，另一半是因為不要錢。

穆方坐在最靠前的位置，旁邊就是導遊。導遊很健談，一路上說個不停，沒一會，穆方就把車上情況搞清楚了。

這輛巴士是旅行社的，剛結束一場兩日遊，今天返程。可能是因為週末，車上大半都是大學生，好像還是同班的。除了那些學生，就是十幾名普通遊客。

不過有一點穆方覺得很奇怪，那些大學生很安靜，即便聊天，聲音也不大。正常來說，大學生應該正是最愛玩的年紀，這麼安靜的情況很少見。

穆方好奇地回頭打量那些學生，導遊突然說道：「同學，你的貓好乖啊。」

「她可不乖。」穆方嚇了一跳，連忙道：「這小傢伙看起來可愛，實際上很凶的。」

在黑水時，有一次馬粱看到了雯雯，好奇地想抱抱，結果被一把撲倒，衣服都抓出了幾個大洞，弄得他到現在都還有心理陰影，看到貓就躲。好不容易搭到了車，穆方可不想因為雯雯亂抓人而被轟下去。

穆方正想小聲交代兩句，卻發現雯雯一直盯著後面看，眼神相當不善。

恰好這時導遊被司機叫過去問事情，穆方連忙低頭問：「雯雯，妳怎麼了？」

「那個人很奇怪，讓我很不舒服。」雯雯動了動耳朵。

順著雯雯的目光，穆方側頭向後看了一眼。

一名男人坐在後排，穿著一身長袖運動服，頭髮既長又捲，戴著大口罩和墨鏡。

今天天氣很熱，車上的人都穿短袖，那人包那麼緊確實有些古怪。

「好了啦，興許是病了，就放人家一馬吧。」穆方打著哈哈。

雯雯看人不順眼是不需要具體理由的，怎麼讓不順眼的人倒楣才是重點。不過這一次，她的反應和穆方想像的不太一樣。

「那個人身上有靈的味道。」雯雯鼻子嗅了嗅，肯定道：「怨靈的味道。」

「啊？」穆方一驚，悄然開啟靈目。

男人十分普通，除了裝束外，沒有半點異常。

「哪有啊？」穆方疑惑道：「我什麼都沒看到啊，妳看錯了吧？」

「誰告訴你我是用看的？我剛不是說了嗎，是味道，靈的味道。」雯雯打了個哈欠：「那個人本身沒什麼特別，不過他身上一定有某樣東西禁錮著靈。」

「是嗎……」穆方好奇地看了男人一眼。

穆方現在的能力並不足以發揮靈目的真正力量，擁有超強感知的雯雯反而更可靠。

「走，我們過去看看。」見後排還有空位，穆方眼珠轉了轉，抱著雯雯走到後面。

如果口罩男是個普通人，身上帶著怨靈，天知道將來會發生什麼事。穆方不知道就罷了，但現在遇上了，他又怎能坐視不理。

穆方一屁股坐到口罩男旁邊，卻看向前排的兩位女生。

「嗨，兩位姐姐，妳們都是大學生嗎？哪個學校的呀？」

兩個女大學生互看一眼，不由得笑出聲來。

「小弟弟，你是高中生？」

「找錯搭訕對象了吧。」

兩個女生給了軟釘子，但穆方絲毫不覺得尷尬，繼續嘿嘿道：「我剛考完大考，說不定能上妳們的學校呢。」

「我們是華科大的，可沒那麼好考喔。」一個女生笑問：「你考得上嗎？」

華東科技大學，名校之一。

「華清我都能考上，關鍵是看我想去哪。」穆方拍著胸脯：「這次考試，考的都是我強項。」

嘔……雯雯作乾嘔狀。

穆方狠狠揉了揉雯雯的腦袋。

雯雯不滿地喵了一聲，跳到口罩男身上。

口罩男頭都沒有抬，拎起雯雯又還給穆方。

「謝謝啊。」穆方順嘴問道：「你也是華科大的嗎？」

口罩男默然不語。

「好可愛的小貓。」

「我能抱抱牠嗎？」

兩個女大學生看到雯雯，眼裡多了些神采，把身子趴在椅背上。

「這小傢伙很怕生的……」穆方嘻嘻哈哈地和兩名女大學生聊了起來，中間更是不間斷地騷擾那位口罩男。

口罩男不勝其擾，心中暗罵。

該死的小痞子，泡妞就泡妞，老在這騷擾我做什麼？還有那隻該死的貓，跳來跳去的，牠最好別壞了我的事，不然我一定剝了牠的皮。

下意識地，口罩男摸了下左胸的位置。

穆方和雯雯對視一眼，心領神會。

穆方打開一瓶礦泉水，裝作喝水的樣子。

雯雯突然跳起，穆方水瓶一歪，水灑了口罩男一身。

「哎呀，對不起對不起！」穆方伸手往口罩男身上摸來摸去：「我幫你擦乾淨。」

「沒關係。」口罩男人沒有抬頭，啞著嗓擋開穆方的手。

恰好這時，巴士開進了加油站，導遊大聲道：「想去廁所的趕緊去啊，等等我們直接到市區，中途不會再停了。」

「我下車去換衣服。」口罩男趁機推開穆方，大步下車。

「對不起啊，我幫你。」穆方厚臉皮地跟了上去。

至於雯雯，穆方則以女生禁入男廁的藉口，強行讓她留在車上。

下了車，口罩男並沒有進廁所，而是繞到了加油站後面，穆方自然跟了過去。

口罩男皺了皺眉，回過身：「你煩不煩？幹嘛老纏著我？」

穆方見左右無人，沉聲道：「不管你信不信，你身上有怨靈相隨，為了你的安全著想，最好把你胸前帶著的那個東西給我。」

「你是除靈師？」口罩男人一驚，眼神不善起來。

穆方一怔，眼睛微微瞇起：「你是做什麼的？」

原以為這人是不小心帶了藏有怨靈的東西，現在看來，似乎不是他想像的那樣。

穆方側了一步，隨時準備應對突發情況。

「既然你一定要看……」口罩男從懷裡掏出一個東西，並捏碎了它。

砰！

一團光幕猛然爆開，男人的身形隨之消失。

穆方身形暴退，定睛查看，卻看不到半個身影。

隨後，察覺到靈力波動的雯雯飛速趕來，但也沒有再找到口罩男的蹤跡。

苦尋不得，加上導遊的催促，穆方和雯雯帶著滿腔的疑惑上了車。為了不引起不必要的麻煩，他只說口罩男離開了。

趁著旁人不注意時，他悄悄打電話給李文忠，請教口罩怪人的事。

李文忠告訴他，對方是普通人的可能性不大，或許是用什麼特殊方法隱藏了自己的修為，突然消失不是跑了，而是利用類似黑獄空間的結界藏了起來。

穆方是三界郵差，理應不會被任何結界陣法所擾，不能看破的唯一原因，應是口罩男放出的結界品級較高，超過了他現在的修為。

雖然給了解釋，但李文忠也沒太當回事。世間藏龍臥虎，奇能異士甚多，碰上高人也不奇怪。

穆方卻一陣陣不安，總覺得要發生什麼事了。

在巴士離開後，口罩男的身影再度出現於加油站邊，他摘下墨鏡，露出一張妖異的面孔。

「該死，竟然會碰上除靈師！」望著遠去的巴士，口罩男氣惱地捶了下牆壁：「好不容易湊齊四十九個有關聯的人，全被那臭小子搞砸了。前功盡棄，真是可惡！」

石坪市是大城市，隨便看去都是幾十層的高樓，黑水市號稱最奢華的東元大廈放在這裡來看，根本算不了什麼。

街道都是八線道、十線道的超寬車道，汽車嗖嗖地穿梭而過，轎車、跑車絡繹不絕，讓穆方目不暇接……

大都市的現代氣息，讓他一下子將口罩怪人的事丟到腦後，但也不會忘了此行的目的。

巴士一路駛入石坪市區，恰好路過古董市場，穆方下了車，在附近的水果攤買了點水果，準備當拜會羅大海的見面禮。

說是古董市場，實際上就是條長長的街道，與周圍的高大建築比起來，這裡顯得有些格格不入，盡是古香古色的韻味。

十公尺寬的街道兩旁都是各類古玩店鋪，門前兩側則是擺著地攤的小販，今天是週末，又臨近傍晚，人潮格外地多，整條街道熙熙攘攘。

「養心齋，養心齋，這名字太土了……」穆方一家家店鋪看去，嘴裡嘀嘀咕咕。

突然，前面亂哄哄地圍了一大群人，吆喝聲、起鬨聲不絕於耳。雖然整條街的人都不少，但就那裡特別熱鬧，連周邊擺攤的小販都擠過去看。

穆方一時好奇，也湊過去看了看，無奈人群太密集，怎樣都看不到裡面，只能聽到機器打磨東西的刺耳聲傳出。

正打算走開時，穆方不經意地抬起頭，「養心齋」三個大字映入眼中。

原來這裡就是養心齋啊，生意竟然這麼好嗎？擠都進不去。

「這位大哥，平時這裡也很多人嗎？」穆方順手拍了拍後面一個人的肩膀。

如果生意真的這麼好，穆方也不想打攪人家生意，打算先去別處逛一逛，等人少時再來。

那人回頭看了穆方一眼，問道：「第一次來？」

「是啊。」穆方點頭：「我找養心齋的老闆。」

「那你恐怕得改天了，現在他八成顧不了你的事。」那人幸災樂禍道：「有人上門砸場子，羅老闆這次要栽了。」

「砸場子？打架？」穆方一臉好奇。

「一看你就是新手，我就和你解釋一下吧。」那人不再往內擠，乾脆和穆方聊了起來。

原來，羅大海最近購入了一批翡翠原石，擺在門口販賣。其他店家也有賣同樣的石頭，這本身沒什麼特殊，可偏偏今天來了一名年輕人，在其中一些石頭上畫了記號。他說除了有記號的，其他石頭都是垃圾，裡面沒有翡翠。

生意人最忌諱如此，羅大海又是個脾氣火爆的，當即就叫那人滾。

那年輕人個性也相當執拗，硬是和羅大海打賭，要當場切了那些沒記號的石頭。如果有一塊石頭含翡翠，他就把全部石頭按翡翠的價錢買下，可如果沒有，他就不用給一毛錢。

於是，兩人就在外面開始切石頭了。

「噢，這就是賭石吧？」穆方聽懂了。

「沒錯。不過這次，我看羅老闆要輸了。」那人聳了聳肩：「一大半石頭都切完了，連個玉渣都沒出。」

正說著，忽聽砂輪轉動的聲音一停，又是一片吆喝聲。

有人勸道：「老羅，算了吧，這麼切下去你就賠死了。」

又有一個年輕人的聲音響起：「是啊，羅老闆，大家和氣生財。只要您和我道歉，我切的這些石頭，我按原石的市價付錢給您。」

一個怒氣沖沖的粗獷男聲開口：「願賭服輸，這些錢我老羅賠得起，繼續切！」

「輸錢又輸人，您這是何必呢？」年輕人一聲輕笑：「再說就算您賠得起，我切得也很累啊。要不然，您來幫我？」

「我切就我切！」粗獷男聲話音未了，切割聲再次響起。

「哎，老羅，老羅，不能這麼切，你這麼切會切壞的……」有人連忙規勸。

年輕人大笑：「放心，切不壞，裡面沒東西。」

突然，一陣驚呼響起，人群倏地分開。

眼。

緊接著，穆方就看到一塊不大不小的石頭滾來，他抬腳將石頭踩住，向前看了一眼。

只見裡面蹲著一名粗壯大漢，拎著一臺切割機，一臉歉意地看著自己。

大漢對面站著一位二十歲出頭的俊朗年輕人，笑意吟吟：「羅老闆，您別太激動，輸錢是小事，傷人可就麻煩了。」

穆方的眉頭一挑。

年輕人身上有靈力氣息，是名通靈者，而且他的長相，很漂亮……

漂亮這個詞用在男人身上有些詭異，但穆方就是這麼覺得，有種妖異感。

趴在穆方肩頭的雯雯抬頭看了一眼，對他道：「通靈境，中期……而且……」

穆方側頭問：「而且什麼？」

「有些熟悉。」雯雯努力地思考：「有點像那個人，但我不太肯定。」

穆方腦中驚雷乍響，他自然知道雯雯口中的「那個人」是誰。

妖異男，疑似九靈篡命圖的主人！

穆方打量著那名漂亮的年輕人，眼神飄忽不定。

會這麼巧嗎？不對啊，按照之前掌握的線索，那傢伙早在多年前就開始行動了，眼前這小子太年輕，年紀對不上。而且就算真的是他，在這裡玩石頭做什麼？

穆方又看了看擺在一邊的原石，有幾塊上面被人用水性筆畫了圈，但大部分都沒有，地上到處都是小碎石塊，一片狼藉。

年輕人道：「羅老闆，這樣吧，我們改切這些有標記如何？切出翡翠我不要，就當彌補您的損失。」

羅大海感覺有些受辱，但事情發展到現在，他也好奇那些石頭到底是不是真如年輕人說的一樣。

年輕人得到默許，接過羅大海手裡的切割器，對著其中一塊畫圈的原石開始進行切割。

在行家眼裡，年輕人切石頭的方式極為外行，大開大合，簡直就像是在切西瓜。可是眾目睽睽下，石頭一分為二，其中一側竟然真的隱隱出現綠色。

年輕人再切幾下，每次都只差毫釐。

「我不是專業的，只能切成這樣了。」年輕人笑道：「羅老闆是行家，可以自行打磨。雖然這塊翡翠品相一般，但我想足以彌補您之前的損失。」

眾人紛紛驚嘆。

羅大海臉色一陣紅一陣白，穆方則在旁一個勁地撇嘴，看向年輕人的目光充滿了鄙視。

別人沒看出來，但穆方看出來了。

那年輕人在切割前，左手都會在石頭上比量一下，然後看手腕上的佩飾一眼。

是靈器！

靈器的功能種類繁多，那年輕人的靈器應是和玉石翡翠有某種共鳴，如果石頭中真的有玉，年輕人自然知曉。

應該是雯雯認錯了吧，那個妖異男行事周密至極，會閒著沒事在這作弊故意打人臉嗎？

被穆方盯著，年輕人也有所察覺，側頭一看，眼中閃過一抹訝然，顯然發現了他通靈者的身分。

「你好像挺懂賭石的啊。」穆方笑呵呵打了個招呼。

雖然穆方不太相信眼前這人就是妖異男，但還是想試探試探。不怕一萬，就怕萬一。

「略知一二。」年輕人微笑。

「那你看看我的怎麼樣？」穆方把放在腳邊的塑膠袋抱了起來。

因為裡面的水果比較沉，小販用了三個不透明的黑塑膠袋裝著。

年輕人微笑著走到近前，左手在塑膠袋上一晃，笑道：「好像不怎麼樣。」

「你看都不看就知道？那我們也賭賭吧。」穆方道：「要是我切不出東西，我認賠，但要是切出來了，你就得按價收購。」

「可以。」年輕人背手而立。

因為和羅大海的對賭，年輕人現在頗具人氣，其他圍觀者紛紛竊竊私語，想看看穆方會拿出什麼。

「羅老闆，借個切割機。」

穆方走過去拿起切割機，蹲到塑膠袋旁邊，然後拿出一顆……

石榴！

眾人你看看我，我看看你，年輕人更是滿頭霧水，不知道穆方要做什麼。

穆方抄起切割機，將大石榴削掉一層皮。

「哇，晶瑩剔透，嫣紅若血，果然沒讓我失望！」穆方對年輕人伸手：「我切出東西來了，給錢吧。」

年輕人差點一口唾沫噴他臉上。

「你跟我賭的是這個？」年輕人臉色鐵青。

「這個你看不上？」穆方又從袋子裡拿出一顆奇異果，切開後，又是一聲驚呼：「超大祖母綠啊，全世界恐怕也沒幾顆這麼大的！」

周圍人全都翻了翻白眼，心想全世界的祖母綠，還真的沒有能和您手上那顆對等的。

穆方不要臉，但同樣作為焦點中心的年輕人可受不了。

「小子，你耍我！」年輕人咬牙切齒。

穆方又抓起顆蘋果，站起身來：「你別管我賭什麼，這些玩意總共花了我兩百六十四元。願賭服輸，趕緊給錢。」

穆方在蘋果上咬了一口：「呦，這個是我看走眼了，裡面竟然這麼白。奇怪，明明是挺好的成色啊……算了，這個不收你的錢，給我兩百五就好。」

穆方插科打諢，現在已經沒人去關注羅大海剛才切的那些原石，都在看他這堆「珍品」。

到這個時候，只要不是白痴，都能看出穆方在耍這名年輕人了。

羅大海笑呵呵地湊過來：「對啊對啊，願賭服輸。我老羅認栽，你也不能賴帳啊。」

「我……臭小子，我記住你了。」年輕人狠狠地瞪了穆方一眼，轉身便走。

要是穆方從別的方面向他挑釁，他根本不怕，可在這玩切水果，他可沒穆方那麼厚的臉皮。

見年輕人走遠，雯雯打了個哈欠。「你真無聊。」

「嘿，閒著也是閒著嘛。」穆方瞥了那年輕人的背影一眼。

如果年輕人真的是妖異男，被自己這麼挑釁，應該不會輕易罷休吧。帥哥，我等著你哦。

「小夥子，謝謝你了。」羅大海虎背熊腰，站在穆方面前，像一頭熊似的。

「羅叔叔客氣了，是宋先生讓我來找您的。」穆方抬頭看了看羅大海，暗自嘀咕，這體格真的是賣古董的嗎？

「宋先生？宋逸來嗎？」羅大海一愣：「你是穆方？」

「對，我是穆方。」穆方伸出手。

「哈哈哈，好小子，果然不是凡人啊。」羅大海哈哈大笑，握住了穆方的手。

二人都沒有注意，在說出穆方的名字後，本已走開的年輕人步伐微微一頓，回頭詫異地看了一眼。

他就是穆方？

羅大海以前練過柔道，進過國家代表隊，結果才加入第二天，就遇上體育署官員帶著世錦賽冠軍來鼓勵後輩。

羅大海這個剛加入的後輩和冠軍過了兩招，結果用犯規動作摔斷了冠軍四根肋骨。冠軍進了醫院，羅大海也被開除，甚至連運動員資格都沒了，後來只好接家裡的事業，開了這間古玩店。

之前宋逸來請羅大海幫朋友賣畫，他只當成一般的生意往來，頂多看在宋逸來的面子上客氣點罷了。可因為賭石的小插曲，羅大海對穆方的好感完全超越了生意夥伴，一口一個小老弟，熱絡得不得了。

穆方不討厭羅大海的熱情，這本身也是他出手解圍的一個目的，然而問題是，他實在受不了羅大海的力氣。

到屋裡後，羅大海滔滔不絕地說個不停，為了表示親熱，時不時就拍穆方大腿或後背，拍得他只想吐血。

見羅大海又把那肉呼呼的大巴掌揮來，穆方連忙起身後退：「羅叔叔羅叔叔，您先看看畫，看看畫！」

「噢，差點忘了。」羅大海呵呵笑道：「聽老宋說是唐伯虎的畫，要是真跡的話，可不會便宜呢。」

「肯定是真跡，不過還沒經專人鑑定過。」穆方把裝畫的長盒子遞去。

「正好過兩天有幾位專家會來這裡開鑑定會，你要是有信心，我就拿去給那些老傢伙看看。」羅大海一邊說著，一邊打開其中一個畫軸。

「這……」羅大海倒吸一口冷氣，猛地站起。

他又打開另外兩個畫軸，眼睛頓時直了。

看羅大海那驚訝的樣子，穆方喝了口茶水，心中暗爽。

羅大海仔細看了看，對穆方問道：「小老弟，這贗品你從哪弄的？」

「噗！」穆方一口茶水噴了出去。

「這是真跡，真跡啊，誰告訴你是贗品了！」穆方擦了擦嘴，氣急敗壞。

「這是〈松崖別業圖〉啊，還是一整套的手卷！」羅大海嘖嘖道：「以我的水準看不出真假，不過那些老專家就難說了。小老弟，聽老哥一句，你這贗品的水準非常高，賣幾十萬都不成問題，但要是拿去鑑定，那就不好說了。」

穆方沒好氣地白了羅大海一眼。

一顆大棗我就能賣五百萬了，這幅畫才幾十萬？要是只賣這點錢，我還需要來找你嗎？

「沒關係，羅叔叔，您就找專家來吧。」穆方撇嘴道：「我還是那句，這絕對是真跡。」

「如果是真的，那我這輩子真是不枉此生了。」羅大海絲毫沒在意穆方話裡隱含的不滿，翹著屁股看著畫卷入神。

穆方略感無聊，向屋裡看看，問道：「您這還有內院？我能進去看看嗎？」

「隨便。」羅大海壓根沒心思搭理他。

見羅大海這麼著迷，穆方低頭對雯雯悄聲道：「妳在這幫我看著，這傢伙比起古董商更像黑社會，別讓他偷拿我的畫跑了。」

雯雯舉起兩隻爪子，表示自己很強壯，什麼黑社會柔道男都不放在眼裡。

養心齋的內院很小，大概六、七坪，擺放著一些雜物，中間搭著一條晾衣繩，上面掛著剛洗淨的衣物。

一陣嘩嘩的水聲，吸引了穆方的注意。

繞開那些晾著的衣服，穆方的目光落在院落一角。

那是一名穿著淡綠長裙的婀娜少女，正戴著耳機聽音樂，背對著他洗衣服。

「妳好。」穆方打了個招呼，心中暗暗猜測少女的身分。

這麼年輕，肯定不是羅大海的老婆。從背影看這麼苗條，皮膚又白，也不可能是羅大海的女兒。這麼看來，應該是雇來的員工吧。

應該是因為戴著耳機的關係，少女似乎沒有聽到他的招呼。

這種情況本該走開，但出於男人那點微妙的小心思，穆方很想知道少女長什麼樣，便走了過去，輕拍了下少女的肩膀。

未等穆方說話，少女突然反手扣住他手腕，嬌弱的身軀向後一挺，托住了穆方的腰部……

穆方還沒弄清發生什麼事，身子一輕，嗖地騰空飛出，而後重重摔倒在地。

「啊，對不起對不起……」一道怯怯的聲音隨之傳來：「我有條件反射，會把從背後碰我的人摔出去，真對不起……」

她絕對是羅大海的女兒。

眼冒金星的穆方，腦海裡只有這個念頭。

少女把穆方扶起，又是拍土又是捏肩，連聲說對不起。

去。

穆方緩過神，偏頭看向那名少女。

清新脫俗、亭亭玉立，這是穆方所能想到的形容詞彙。當然，不能把柔道考慮進去。

「妳是羅叔叔的女兒嗎？」穆方笑問：「力氣真大。」

「爸爸從小就教我練柔道，成習慣了。」少女點頭，又是一連串的道歉。

穆方心中大汗。

練柔道的多了，不過練成這種條件反射的應該不多。而且這麼細的手臂，哪來那麼大力氣？

「我沒事啦，不要一直道歉了，我們也算不摔不相識。」穆方站起身：「我叫穆方。」

「我叫羅小美。」少女的頭很低，抓著衣角。

羅小美非常漂亮，一舉一動都十分柔弱，如果不是身上還隱隱作痛，穆方簡直不敢相信是她摔了自己。

「我還有事找羅叔叔，不打擾妳洗衣服嘍。」見羅小美一直不敢看自己，穆方當她還在尷尬，找個由頭起身告辭。

羅小美依舊低著頭，一張嘴還是直講著對不起。

穆方苦笑著心想，羅大海那麼粗獷的人，怎麼會有如此乖巧的女兒。

剛剛轉過身，還沒等步子邁出，穆方就感覺眼前人影一閃。

一根木棍帶著風，劈頭蓋臉地朝他砸來。

這次他有了準備，身子向後墊步，躲過對方的襲擊，隨後左手一探，將棍子抓住，再一個馬步向前，右手猛地鎖向對方咽喉。

穆方不清楚對方來歷，想先將其制伏再說，可等看到對方的臉龐，他頓時一怔。本想收手，但他還沒到收放自如的境界，收手是收手了，就是收得不太好，手沒攬到脖子，而是推到胸口，將對方一把推開。

來襲者也看清了穆方，捂著胸口臉色緋紅，咬牙切齒：「穆方，你摸上癮了是不是?!」

來者不是旁人，正是韓青青。

穆方尷尬地搓著手掌，乾笑道：「這麼巧啊……」

「對，太巧了，巧到我想殺死你！」韓青青眼神在地上掃視，似乎是想找一件比木棍更有殺傷力的武器，比如說菜刀、斧頭之類。

羅小美好奇地看了看兩人，對韓青青問道：「你們認識？」

為了轉移韓青青的注意力，穆方連忙接口：「算是同學吧，妳們也認識嗎？」

羅小美小心地看了穆方一眼，深深低下頭。

穆方正在奇怪，韓青青過來推他一把，訓道：「告訴你，我和小美從小就是朋友，你這臭流氓別想打她主意！」

原來，羅大海不光和宋逸來相識，與韓青青的父親韓立軍更是至交好友。

羅小美和韓青青早在幼年就認識，雖然一年見不到幾次，但關係一直不錯。韓立軍到石坪出差，想著反正放假，就把韓青青也帶上，讓她到羅大海這裡玩幾天，等辦完事再一起回黑水。

韓青青正在那教訓穆方，羅大海突然匆匆從屋裡跑出，對他道：「那個鑑定會的入場券我已經弄到了，我們可以一起過去。聽說這次不光有業內專家，還有很多身家不菲的收藏家到場，如果主人願意，鑑定出的東西可以當場拍賣。你那幅畫若是真跡，說不定能賣出高價。」

「噢。」穆方心不在焉地應了一聲。

要是剛才，他肯定很興奮，但現在，他得集中精神提防韓青青。

羅大海心思全在畫上，壓根沒注意到院子裡的異樣，見到羅小美和韓青青都在，連忙介紹道：「這是我女兒羅小美，那是我大侄女韓青青。提醒你哦，別打歪主意，別看她們是女孩子，亂來可是會吃大虧的。」

「呵呵呵呵……」

面對羅大海的調侃，穆方嘴上笑笑，心裡暗自碎念。

這還用你說，你女兒的本事，我剛剛領教過了，至於另外一個，我感觸更深。

就在穆方百感交集時，古玩街外面，被穆方用「紅寶石」和「祖母綠」氣走的年輕人正打電話。

「清雅，我是司馬，妳提過的那個人是叫穆方沒錯吧？……噢，沒什麼，我剛好碰見他了。和妳描述的很像，頭髮很長，人很賤……什麼？妳要來石坪？這麼突然啊……怎麼會，我高興都來不及呢……」

02

松崖別業圖

石坪總體的古玩玉石市場並不興旺，一年也冒不出幾件像樣的真品。別看古玩街的人多，但多是普通愛好者，來逛街的多，出手買的少。

羅大海所說的鑑定會是幾位古董商籌劃出來的，想看看能不能從民間挖掘出一些東西，給不夠熱絡的市場注入點活力。

鑑定會召開的地點在古玩街盡頭的茶樓，時間定在八點半，可直到當天上午十點多，羅大海才帶著穆方趕赴會場。

「大海叔，我們是不是來得太晚了啊？」

「前面都是準備儀式，一堆人講話發言的，你不嫌煩啊？」

「嘿，大海叔英明……」

穆方和羅大海走在前面，後面跟著韓青青和羅小美，羅小美懷裡抱著雯雯。

韓青青雖然和穆方很熟，但因為又被襲胸，每次看到他，眼中都是殺氣四溢。穆方心裡沒底，就每天和羅大海泡在一起。

羅大海性情海派，穆方又不怕生，兩人混得還算熟。不過羅小美還是不行，看到他就躲。

穆方一開始還以為是韓青青說了壞話，或者因自己的流氓氣場，後來才發現她的孤僻好像是天性，就算和韓青青在一起，也是韓青青嘰哩呱啦地說，她當一名安靜的聽眾。不過羅小美很喜歡雯雯，雯雯也不排斥讓她抱著。

這天去鑑定會，韓青青非要跟著，羅小美也沒課，幾人便一起來了。

抵達目的地，交了請柬，四人步入會場。

遠遠地，一名年輕人從古玩店裡閃了出來，望著穆方的背影微微蹙眉。

雖然清雅一口一個流氓癟三，但反而顯得這個人給了她很深的印象。經過上次事件，這小子的確很符合描述，但僅憑如此，足以讓清雅掛在嘴邊嗎？

年輕人皺眉想了一會，快步跟上。

「對不起先生，請出示請柬。」茶樓門口的招待攔住了年輕人。

年輕人沒說話，拿出一張名片遞了過去，守門的人接過一看，臉色立刻就變了。

「先生稍後，我這就通知老闆來迎接您。」守門人雙手恭敬地遞還名片。

「不必了，我路過，隨便看看。」年輕人接回名片，邁步走入。

待年輕人進入後，守門人連忙掏出手機打了通電話。

「老闆，江北玄青文化傳媒的司馬山明也來了……」

茶樓內，一樓大廳的桌椅全被移到邊側，正中用紅綢隔開一塊空地，擺放了兩張大檀木桌。桌後端坐著三名學者模樣的人，最年輕的五十出頭，年紀長的已是兩鬢斑白。

這三位是會方聘請的文物專家，都是圈子裡的權威人物。想鑑定物品的人在外領號碼，按號逐一拿進去給專家鑑定，在場的人也可以點評，和幾位專家交流。

穆方等人進去時，鑑定已進行了一段時間。羅大海找熟人問了問，一項好貨都沒出，倒是看出不少贗品。

看了看那些人灰暗的表情，羅大海把東張西望的穆方拉到一邊，低聲道：「你要不要再考慮考慮？一經鑑定，萬一被那幾個老頭子說是贗品，可就賣不了多少了……」

穆方瞪他：「敢說是贗品，我揍死他們。」

畫是天道認可的，比專家還可靠。

羅大海沉默片刻，果斷道：「等會我幫你拿去鑑定，你在外面等著。」

雖然只有短短兩日的接觸，但羅大海對穆方已有了一定了解。能在大庭廣眾之下拿石榴、奇異果當玉石切的人，在這裡揍幾個專家好像也不是什麼奇怪的事。

羅大海拿著畫去排隊，穆方和韓青青、羅小美在旁邊等著。

韓青青對古玩一竅不通，只是來湊熱鬧，沒過一會，就拉著羅小美到別處逛了。

穆方則漫無目的地四下打量，隨便看往任何一個方向，都能感覺到右眼傳來的溫熱。

古董因深埋地下多年，多帶地靈之氣，對靈體有著一定的吸引力。平時古玩街賣的多是贗品，對靈體沒什麼影響，但今天這茶樓內，還是有不少人帶來了壓箱底的好東西，引來不少靈體。

突然，一陣不弱的靈力波動傳入穆方的感知，轉頭望去，不由得一怔。

在人群外面，一個年輕人背牆而立，雙手在背後結印，一陣陣靈力湧動。

這不是前天賭石的那傢伙嗎？他在這做什麼，難道是跟著我來的？

穆方正嘀咕時，那年輕人手腕輕抬，嘴唇微動：「著！」

一股龐大的靈力向前方蕩漾開來，飄蕩的靈體頓時被推出茶樓。

穆方皺起眉頭，那些靈又沒惹他，這是做什麼？他該不會真和篡命圖有關，在這選靈體吧？

年輕人轉了一個方向，又要放出靈力，穆方正待上前，羅小美突然快他一步跑了過去。

「你幹嘛啊！」羅小美怒氣沖沖地推了那年輕人一把。

羅小美力氣不小，那年輕人頓時被推了個趔趄，差點一屁股坐在地上，凝聚的靈力瞬間散去。

年輕人憤怒地回頭，發現是名看上去十分嬌弱的女生，不由得愕然。

這女孩好大的力氣。

司馬山明，江北玄青文化傳媒集團副總經理，董事長司馬玄青的獨子，去年剛大學畢業。

玄青文化傳媒是近些年崛起的，勢頭很猛，司馬家也代表著商界新貴。

鮮為人知的是，司馬家族是一個傳承多年的除靈世家，甚至比閩南陳家還要古老，只是因為二代家主司馬玄青受傷，靈力盡失，才轉向世俗商業發展。司馬山明雖然年紀尚輕，但已成了內定的三代家主人選。

被羅小美推了一把，司馬山明雖然惱怒，但也不好發作，不悅道：「這位小姐，我們好像不認識，妳推我做什麼？」

穆方也很奇怪，賭石那天羅小美在裡面洗衣服，應該沒看到這人才對，而且她為人內向，說話聲都小得不能再小，怎麼突然發這麼大脾氣？

怕她吃虧，穆方快步向前。

「那些人不認識你，你幹嘛把他們打出去？」羅小美生氣道：「他們已經很可憐了，你為什麼還要那樣對他們？」

羅小美的話聽起來很奇怪，但穆方和司馬山明都聽懂了！

她能看到靈體？

可是她的身上，分明沒有半點靈力啊。

穆方正在疑惑時，司馬山明怔了怔，隨後說：「妳有通靈眼？」

通靈眼，見靈之眼。

凝神境前，通靈師就算再如何強大，也不能直接看到靈體，必須借助某些手段，就如同陳天明父女戴的「護目鏡」。但凡人中，卻偶有人會有特殊天賦，能看到靈體。

這種天賦便是通靈眼，民間也有陰陽眼的說法。

被司馬山明點破，穆方也恍然想起有這回事，只是這種天賦極為稀少，雖然能力一般般，但在人身上出現的機率不會比穆方的靈目高多少。不過出現了，卻未必是好事……

穆方看向羅小美的眼神，多了幾分憐憫。

她會這麼孤僻，或許就是和通靈眼有關吧。

通靈眼和靈目不同，除了能看到靈體外再無他用，對尋常人來說是種莫大的痛苦。哪怕是穆方都不願意隨便開靈目，更何況一名平凡少女。

司馬山明上下打量羅小美：「妳的通靈眼是什麼時候開啟的？」

羅小美臉上浮現出驚慌。

她剛才衝過來完全是一時激憤，根本沒經思索，現在冷靜下來，立刻又變回了怯弱孤僻的女孩。

「你說的我聽不懂，對不起……」羅小美想走開，但又有些遲疑：「總之，我希望你不要再傷害他們。」

「那些東西在這讓我很不舒服，我只是將它們驅逐而已。」司馬山明奇怪道：「而且妳明明深受靈怪困擾，為何還要護著它們？」

「他們很可憐，很孤獨，你不該那樣……」羅小美抓著衣角，吞吞吐吐。

「那些東西根本沒任何思想，又怎會有妳說的那些情緒？」司馬山明憐憫地看著她：「妳應該去醫院看看，常年被那些東西侵擾，對精神有很大的負擔。」

司馬山明的話雖然隱晦，但其實等於說羅小美是神經病。羅小美顯然不是第一次聽到類似的話，臉上盡是委屈和苦澀。

這時，韓青青跑了過來。

雖然不知道發生什麼，但看羅小美那委屈的表情，及司馬山明盛氣凌人的樣子，她第一時間就做出了判斷。

「你幹嘛？欺負人？」韓青青將羅小美擋在身後，怒視司馬山明，口中道：「穆方，揍他！」

穆方本想為羅小美出頭，可一聽這話還是一個趔趄。

被羅小美抱在懷裡的雯雯倒是躍躍欲試，齜牙咧嘴，作勢要發威。

「這位先生，你說的話我很不贊同。小美的腦子比你正常，因為她知道什麼是人性。」穆方可不想雯雯再開殺戒，連忙一個箭步擋到司馬山明面前：「靈也曾經是人，這麼簡單的道理，你們這些除靈師怎麼就不明白？」

羅小美詫異地看了穆方一眼，眼神閃動。

司馬山明一見是穆方，不由得笑了：「又是你。」

「對，是我。」穆方也露齒一笑：「你還欠我紅寶石和祖母綠的錢呢。」

司馬山明嘴角抽搐，沒接他的話，轉而道：「你對靈的看法，似乎很與眾不同。」

穆方從陳天明身上學到一件事，千萬別和除靈師探討靈的問題。人家除靈是職業，你上前說靈是好的，這不明擺著砸人招牌嗎。

不過他是來幫羅小美出頭，不探討不代表要認輸。

「與眾不同也要看和誰比，和你這樣的比肯定會不同。」穆方神色鄙夷：「格調太低。」

司馬山明深呼吸了兩口氣，總算沒罵出聲，冷哼道：「這麼說，你和那些東西是同樣格調的了？」

「反正比你強。」穆方轉向羅小美：「以後這樣的人妳還是別理他們吧，接觸多了智商會被拉低。」

恰在這時，人群間突然傳來一陣驚呼。

「唐寅的〈松崖別業圖〉！」

一聽是自己的畫，穆方沒心思在這繼續耽擱，連忙道：「走，別管這種無聊的人了，我們快去看看。」

羅小美和韓青青被穆方拉走了，雯雯丟了個鄙視的眼神，留下司馬山明站在原地咬牙切齒。

三位專家坐在桌子後，有專門的工作人員把要鑑定的東西遞上。在交給幾位專家前，工作人員會先繞一圈，讓圍觀群眾瞧瞧。

羅大海把畫卷交上去，工作人員一展開，人群就是一陣騷動。

在這裡的大多有點見識，很多人都知道唐寅的〈松崖別業圖〉，這茶樓中還掛著一幅贗品。

「真的還假的啊，這畫不是早丟了嗎？」

「應該是贗品吧。」

「就算是贗品也不一般啊，你們看這著色，這用筆……」

人們議論紛紛，都在探討畫的本身，可等穆方湊過去味道就變了，他興奮地問道：

「這畫挺貴的吧？能值多少錢？」

眾人鄙視地看著他。

雖然事先說過今天的古董鑑定後可以現場交易，但也沒誰一來就談錢的，你俗不俗啊。

畫卷很快被遞到三位專家面前。

幾位專家戴手套，拿放大鏡，看來都很專業。

羅大海眼睛瞪得又大又圓，緊張地看著，生怕專家冒出贗品兩字。

起先三個專家還都老神在在，可看了一會就不太鎮定了，全挽著袖子站起，翹著屁股在那研究，低聲進行激烈的爭論。整整十多分鐘過去，三位專家竟然還沒有結論。

鑑定會進行到現在，這種反應還是第一次。

羅大海心裡七上八下，主辦人也有些迷糊。

「劉先生，趙先生，王教授……」主辦人湊過去問道：「您幾位怎麼不評了？現在時間差不多了，這幅畫鑑定完大家先吃午飯，下午還有拍賣呢。」

「李老闆。」年紀最長的劉先生苦笑道：「不是我們幾個不評，是不敢評。」

劉先生這話一出口，全場譁然。

人群中有人忍不住問：「怎麼不敢評？最起碼先告訴我們是真是假。」

「我們不敢評的就是這個。」趙先生嘆道：「我們都沒見過真跡，話不敢說死啊。」

「算了，你們兩位穩重，我年紀最小，今天就孟浪一次。」王教授摘下眼鏡擦了擦：「實話和大伙說，這畫的年代、畫風等等，都沒什麼問題。只是我們三個對唐寅研究不是很深，不敢確定是不是和唐寅同代大家的臨摹作品。如果大伙非要個結論，我認為這是真跡！」

劉先生和趙先生互看一眼，劉先生笑道：「王教授都不怕砸招牌，我們這些老的也不能縮著——王教授的話，就是老趙和我的意見。只是若要出鑑定證書，我們幾個怕是不夠分量。」

趙先生沒說話，但點了點頭。

三位專家陸續表態，場子裡一下亂了起來。

這還用出什麼鑑定證書嗎？你們都說是真的，哪還能假得了？

唐寅傳世的作品不多，〈松崖別業圖〉又是書畫配套的手卷，其珍貴價值可想而知。而且王教授的話很明白了，就算這畫不是唐寅真跡，也是和他同代的名家之作！

羅大海樂壞了。

有這三位的話，這畫鐵定能賣錢。鑑定證書什麼的，很多大金主根本不在乎，好東西就是好東西，哪是一張破紙能證明的。

見穆方在旁邊站著，羅大海四下看看沒人注意自己，連忙跑去小聲道：「等會兒千萬別說這畫是你的。」

「你想幹嘛？」穆方警惕起來。

「靠，你那什麼眼神。」羅大海不滿道：「現在大家都知道這畫是我拿來的，下午還有拍賣會，到時你要是想賣，可以假裝買家，往上抬抬價啊。」

「噢，當托啊。」穆方明白了。

「噓，說那麼明白幹嘛。」

羅大海正想繼續面授機宜，幾名熟識的古董商湊了過來，還有一些不認識羅大海的人，也湊到旁邊偷聽。

「哎呀，羅老闆，看不出您還有這等好東西。」

「不夠意思啊，說說來路吧……」

穆方不甘不願地被擠出來，一回頭，和司馬山明打了個照面。

「怎麼？你想買這畫？」司馬山明似笑非笑。

〈松崖別業圖〉一拿出來，司馬山明也有點吃驚，他不確定這畫是真是假，但能感到畫卷上有股奇異的靈力。像是靈器，但又有所區別。

剛才羅大海和穆方在那嘀嘀咕咕的，司馬山明都看在眼裡，不過他完全搞錯了。他以為穆方是想藉著認識羅大海之便，私下把畫買下。

「想買又怎麼樣，又不是買不起。」穆方不知道他在想什麼，但氣勢肯定不能輸了。

司馬山明嘲弄道：「這畫若是真跡，起拍價恐怕要一億以上。你又不是除靈師，有那麼多錢？當然，若是你改變一下對那些『朋友』的看法，說不定還有機會。」

除靈師基本沒人缺錢的，但通靈師就不一定了。看穆方的穿著氣場，司馬山明斷定這小子必是個窮鬼。

司馬山明挑釁了一句便轉身離開，不給穆方反擊的機會，但他哪裡知道，穆方壓根就沒聽到他後面的話，耳朵裡只有一個數字在迴響。

一億！

原本想這幅古畫大不了賣五、六個黑棗的價錢，沒想到竟然這麼值錢，而且還只是起拍價，拍完又會是多少？

他奶奶的，這下發財了！

下午。

茶館的布置和上午差不多，只是空處多了許多座椅。三位專家也不再坐正中，取而代之的是一名拍賣員拿著把小錘，身後都是經主人同意排名，上午所鑑定出的真品。

若是正規的拍賣會，競拍者都要驗資交保證金什麼的，防止惡意競拍。不過今天主辦方沒準備那麼充分，拍賣純屬圖個熱鬧。好在今天來的人都是拿到邀請函的，多數也都熟識，倒不用擔心有人搗亂。

唯一的變故，也只有穆方這個傢伙了。

有意競拍的人都領到號碼牌，到前面落座，穆方也拿了個二十三號牌子，鬼鬼祟祟地坐下。

經過簡單的開場白後，拍賣正式開始。

今天的好東西不多，連拍了十多件古董字畫，都沒有超過百萬的。不過觀眾也都心不在焉，全等著最後的壓軸大戲。

拍賣品一件件地減少，最後主持人把一個畫軸放到桌上，場面登時安靜，只能聽到很多人粗重的呼吸。

「知道大家等這件等得辛苦，其實我也等得挺累的。」主持人幽默了一把，緩解下氣氛。六名小姐隨即上臺，將三幅畫卷打開，一幅畫、兩幅字。

「〈松崖別業圖〉！此畫乃是唐寅，也就是大家熟知的唐伯虎，為明代名臣方良永所作。明代兩位內閣首輔李東陽、楊一清分別為畫作題引首和題跋……」

主持人簡單介紹了畫的來歷典故，最後朗聲道：「雖然暫無鑑定證書，但三位權威專家已經達成共識，此畫的收藏價值絕不弱於唐寅任何一幅作品。經和畫卷代辦人羅大海先生商議，此畫起拍價為一億人民幣，每次加價不得低於五百萬，拍賣開始！」

主持人敲了下桌子，心中激動莫名。

他並非專業的拍賣員，今天只是臨時客串，不管這畫今天能否拍出，能主持如此具有意義的拍賣，也算賺到了。

只是與前面幾萬、幾十萬的拍賣品相比，冷不丁冒出個一億來，衝擊力實在不小。主持人喊完後冷場了好幾分鐘，大廳裡連個說話的人都沒有。

羅大海坐在一邊，絲毫不著急。

今天來了不少大金主，一億雖然聽起來嚇人，但也不是沒人出得起。那些人不喊價，是都在觀望，只要有人當出頭鳥，後面鐵定有人跟進。

但羅大海坐得住，穆方可坐不住。

難道真的太貴了嗎？你們這幫窮鬼倒是喊價啊，該不會最後流標吧……

穆方東張西望，目光最後和羅大海對上了。

羅大海四下看看，想找羅小美或韓青青傳個話，可從中午吃完飯後，韓青青覺得這裡沒意思，就和羅小美帶著雯雯去玩了，怎麼找也找不到。他只好朝著穆方微微點頭，示意少安勿躁。

但穆方看在眼裡，完全誤會羅大海的意思了。

對啊，我是托啊，沒人喊，我喊！

「一億五千萬！」穆方把牌子舉起。

主持人大喜，小錘一敲：「二十三號出價一億五千萬！一億五千萬第一次……」

撲通，羅大海直接從椅子上摔了下來。

相對屁股上的疼痛，他頭更痛。

當托有你這樣當的嗎？啊？上來第一個喊價也就罷了，你直接喊一億就好啦，提什麼價啊？還一加就是五千萬，這不是要把人嚇走嗎？

果然，聽穆方喊完，幾個本來有意競拍的都猶豫了。

一開始就喊這麼高，這小子是志在必得啊。看他年紀這麼小，說不定是哪個大家族的小老闆。罷了，不和他爭。

穆方還以為自己幹得很好呢，得意洋洋地東張西望。

那眼神彷彿在說：我喊完了，該你們了，快上啊！

羅大海爬起來，也東張西望。

但他不是等人加價，是想找機會溜走。

要是最後被人知道是畫的主人喊價，光那些鄙視的目光就能把他鄙視死。

「一億五千萬第二次……」

隨著主持人的聲音，羅大海做好了起步衝刺的準備。

但沒想到，就在主持人要喊第三聲時，真的有人舉牌了，而且抬價也很猛。

「兩億！」

一號牌子被人舉了起來。

望向這個舉牌的人，羅大海和穆方都是一愣。

司馬山明，出了兩億。

03

羅小美的朋友

羅大海記得司馬山明，一看是他出價，火氣就直往上漲。

這兔崽子還沒走？竟然還跑到鑑定會！別以為老子現在年紀大了就不揍人，要是再搗亂，就讓他嘗嘗我的十字擒拿鎖。

相對於羅大海，穆方更為詫異。

他不是和我不對盤嗎，怎麼還花錢買我的畫啊？

司馬山明瞥了穆方一眼，目光中盡是不屑。

那畫卷上的靈力十分古怪，拿回去給爺爺看看，說不定會有什麼發現。即便沒有什麼特殊，買幅唐寅的真跡回去也不算吃虧。何況這等千古名作，豈能落到他那種人手裡。

把石榴當原石切的不要臉行為我幹不出來，可現在真金白銀的競標，還怕他不成？

被司馬山明的眼神一瞟，穆方有點明白了。

噢，這小子是跟我槓上了啊，要不不要再刺激刺激他？

穆方考慮了下，目光徵詢地看向羅大海。

羅大海雖然看司馬山明不爽，但還是有點感激他喊價的，要不然這畫賣不出去，爛攤子可就難收了。

見穆方望向自己，羅大海在椅子上坐穩，點了點太陽穴，又伸手來回搖了搖，示意他長點腦子，千萬不要再加價。

兩億的價格，就算在大型古玩拍賣會上都不是小數目，賣這個價也值了。

盯著羅大海來回搖晃的五根手指，穆方眨了眨眼，心裡頓時明白了。

「兩億五千萬！」穆方豪情萬丈地把牌子一舉。

撲通，羅大海第二次從椅子上掉下。

抬起手看了看五根手指，羅大海欲哭無淚。

誰他媽告訴你是加價五千萬了？我是讓你不要再喊價，你腦子怎麼長的啊！

兩億五千萬的價格一喊出，全場騷動不已。主持人舉著錘子，都忘了要敲。

在場這些人沒少出入過拍賣會，但有幾次能喊上兩億五千萬？

知道司馬山明底細的茶館老闆更是暗暗心驚。

這少年到底是什麼來頭，敢和玄青傳媒的少東家叫板？這些富二代的世界，自己真是看不懂了。

「喂，主持人，我喊兩億五千萬了。」

在穆方的提醒下，主持人才反應過來，小錘往下一落。

「二十三號的先生出價兩億五千萬！兩億五千萬啦！看來這位先生對這卷〈松崖別業圖〉是志在必得……兩億五千萬第一次……」

司馬山明眉頭緊皺。

這個小子似乎對除靈很排斥，他哪來這麼多錢買畫？這個傢伙，該不會是故意亂喊，想訛我吧？

想到這，司馬山明就有心不繼續加價了。

雖然錢財俗物他不放在眼裡，但好歹是辛苦賺來的。

可就在司馬山明要放棄時，突然看到穆方在挖鼻孔，而且是用中指，對著他挖……

見司馬山明的目光移來，穆方乾脆又立起另外一根中指，一起在那挖啊挖的。

這個混蛋！

「三億！」司馬山明氣呼呼地舉起牌子。

這畫無論給誰，都不能給那個噁心的混球！

穆方得意地笑了，羅大海更是感覺從懸崖邊又走了一遭。

他奶奶的，幸好今天還有一個更傻的小子在，要不然真的糗大了。

羅大海滿頭大汗地爬起，見穆方又看向自己，頓時有點發毛，整個身體僵硬得一動也不動，只怕穆方又理解錯誤，把價錢喊上去。

穆方見羅大海那樣子，不由得暗自奇怪。

這是怎麼了？岔氣了還是閃到腰了？倒是給我一個暗示啊，到底還抬不抬價啊？

人心不足蛇吞象。

一開始穆方還想能賣一億就賺翻天了，可後來兩億、三億地喊上來，中間都沒有小幅度加過價，全都是千萬千萬地往上頂，他就越來越激動。

等到主持人喊三億第二聲時，穆方有點著急，舉起手向羅大海揮了揮，要他快點給暗示。

但他光顧著揮手，忘了手上還拿著牌子。

主持人看到穆方晃動牌子，但是沒喊價，便很職業地說道：「二十三號，三億零五百萬。」

按照拍賣會的規矩，喊一次價不低於五百萬，就意味著舉一下牌子至少就是這個數目。

看到穆方搖牌子時，羅大海就已經徹底傻住了。

雖然只加了五百萬，但也是加了啊……

你，你……

羅大海這一次沒掉下去，是因為生生被穆方氣昏頭了。

穆方根本不懂那麼多，主持人一喊，他再看自己手裡的牌子，知道是誤會了，但也不怎麼介意，反而有點不滿。

怎麼才加五百萬啊，這下豈不是要被那小子看不起了。

穆方瞥向司馬山明，果然從其嘴角看到一絲嘲弄。

司馬山明心想，再硬撐啊，現在沒錢了吧。加五百萬？垂死掙扎而已。

司馬山明慢悠悠地舉起牌子：「三億五千萬！」

天價，真正的天價啊！

全場再次喧譁起來。

如果是正常的拍賣會，這個價格勢必是終點，甚至已經開始有人向司馬山明點頭祝賀。

問題是，今天不是正常的拍賣會，還有一個不正常人在這裡。

穆方氣呼呼地瞪了司馬山明一眼，將目光轉向羅大海。

羅大海強提著一口氣，齜牙咧嘴地伸手掐住自己的脖子。

那意思是，你絕對不能再提價了，否則就是自殺了！

穆方一見，重重地點了點頭，而後將牌子高高舉起，冷冰冰道：「四億！」

掐脖子的手勢，從側面看，剛好就是四根手指。

羅大海的眼神開始渙散，狠狠地掐住了自己的脖子，此時此刻他只想掐死自己。

全場一片安靜，沒有半點聲音。

所有人都被嚇到了。

場面安靜下來，再看羅大海那半死不活的樣子，穆方終於發現了問題。

自己……似乎搞烏龍了？

「四億第一次，四億第二次……」主持人的腦子已經被震驚得一片空白，只是在機械式地喊著。

望著主持人即將落下的小錘，穆方的冷汗也下來了。

我操，玩過頭了，這下死定了。

怎麼辦？怎麼辦？

就在穆方心急如焚、不知如何是好時，他的救星出現了！

「你！」

司馬山明怒髮衝冠，氣沖沖地站起，抬臂指著穆方。

穆方這種喊價方式，明顯就是鬥氣，對人不對事，司馬山明怎能不生氣。

主持看了司馬山明一眼，機械式地開口：「一號，四億零五百萬。」

「我……」

剎那之間，司馬山明所有的氣都洩了出去。

他也忘了，自己手裡還拿著號碼牌呢。

穆方長出一口氣，放心地坐了回去。這次他沒再看別處，就算羅大海真讓他喊價，他也不會再喊了。

就這樣，最終唐伯虎的〈松崖別業圖〉，以四億零五百萬的天價，被司馬山明少爺競標成功。

今天的拍賣會沒有仲介，司馬山明倒是省去了抽成等其他費用，不然林林總總的費用算起來，他少說得多花一億。

拍賣結束，司馬山明沒再理會穆方，直接和主辦方還有羅大海接洽。

羅大海得知了人家是玄青文化傳媒少東，又花天價買了畫，自然不會再記恨賭石那點小事。

大家都挺高興，只有司馬山明一肚子火。

這畫雖然買下來了，但怎麼想怎麼覺得鬱悶。要不是那個穆方搗亂，這種程度的拍賣會，一億五千萬內肯定能拿下來。

辦完所有手續後，司馬山明婉拒了宴會的邀請，夾著裝畫卷的畫筒走出茶館。

一出門，穆方正站在外面等著他。

司馬山明雖然心裡不爽，但表面姿態還是要做足。

「很遺憾，這畫你沒買到。」司馬山明拍了拍畫筒：「現在是我的了。」

「不遺憾不遺憾，我本來就要賣掉的。」穆方熱情地伸出手：「我叫穆方，以後大家就是朋友了。」

「我叫司馬山明……」司馬山明下意識地和穆方握了握手，然後感覺有哪裡不對勁，疑惑道：「你剛說什麼？你本來要賣掉？賣什麼？」

「當然是賣這幅畫啊，是我委託羅老闆幫忙的。」穆方嘖嘖道：「那幫土包子不識貨，竟然沒一個出價的，還好有你，謝謝啊！」

司馬山明登時眼前一黑，差點一口氣喘不過來。

媽的，原來這混蛋是自己幫自己炒價錢，還抬得那麼凶，要不要臉啊！

這個混帳，死王八蛋，我要捏死他！捏死他一百次、一千次、一萬次！

此時此刻，足足有四億零五百萬頭草泥馬在司馬山明眼前狂奔而過，盡情地踐踏在穆方身上。

穆方，我和你沒完沒了！

四億，對司馬山明來說也不是小數目。雖然司馬家對這些俗事要求不嚴，但他回去必須說明錢花到哪兒了。要是正常競標就罷了，頂多說他敗家，但要是知道他是以這樣的形式買下，那司馬山明以後根本沒臉見人了。

「穆方！」司馬山明一把抓住他的衣領，咬牙切齒道：「不許和任何人說這畫是我從你手上買的，要是敢說出去一個字，我一定殺了你！」

「別這麼大火氣嘛，我現在可是把你當朋友呢。」穆方嘻嘻哈哈：「晚上一起吃飯吧，我請！我現在有錢了。」

「滾！」司馬山明生氣地走了。如果繼續待下去，他真怕控制不住自己掐死他的欲望。

見司馬山明走遠，穆方摸了摸下巴。

現在他已經排除司馬山明是妖異男的嫌疑了。如果九靈篡命圖的主人傻到這種程度，有可能到現在都找不到嗎？

不過穆方還是覺得司馬山明似乎很針對自己，只是為了那天的事？不太像啊。他看自己的眼神那麼古怪，該不會有什麼特殊想法吧？

穆方不由得打了個冷顫，轉身想招呼羅大海，只見羅大海正被一群古董商圍著，臉上笑開花了。再一轉身，韓青青和羅小美從遠處走來，手裡還拿著棉花糖。

韓青青一邊舔，一邊示威似地瞪穆方。

穆方頗為無語。

老子現在是億萬富翁，誰在乎妳的破棉花糖啊？不過這舔棉花糖的樣子，倒是滿可愛的……

靠，我瞎想什麼呢。

穆方臉一紅，急忙將目光轉向羅小美。

羅小美也在看穆方，眼神很害羞，一副欲言又止的樣子。

等走到近前，羅小美更是躊躇。

穆方沒見到雯雯，以為羅小美是擔心把雯雯弄丟了，勸道：「妳不用擔心那小貓，她經常到處跑，認得路的。」

羅小美看了看穆方，好不容易鼓足勇氣開口：「穆方，我想和你說說話……」

她說著，又把頭深深低了下去。

韓青青吃驚地張大了嘴，棉花糖沾到鼻子上都渾然不覺。穆方也很驚訝，愣愣看著羅小美。

這個內向的女生竟會主動找自己說話？什麼情況？今天財運、桃花運雙開？

「你也覺得他們很可憐，是嗎？」羅小美抬起頭，鼓足勇氣問道。

「他們？」穆方略一思索，恍然道：「妳是說靈？」

羅小美點頭：「你好像也能看到他們。」

「當然能了，我還幫他們送信呢。」穆方笑了起來。

韓青青在一旁皺了皺眉，看了羅小美一眼，沒吭聲。

「真的嗎？」羅小美瞪大眼睛：「我見過的那些人都認為靈很壞，就像剛才那個人。」

「那些人自稱除靈師。他們心眼未必壞，只是因為語言不通才有誤會。」穆方指了指自己腦門：「再加上他們這裡漿糊多了一點。」

羅小美又眨了眨眼，試探性地問道：「你的意思是，你還能和靈說話？」

「反正他們表達的意思我明白。」穆方聳聳肩。

「太好了！你，你能幫我個忙嗎？」羅小美咬了咬嘴唇：「如果實在不願意……」

「羅大小姐，就算我求妳，別再吞吞吐吐的了好不好，真是要憋死我……」穆方無奈：「有什麼要幫忙的就快說，能幫肯定幫。」

在穆方所見過的通靈者裡，羅小美是除老薛和李文忠外，唯一對靈沒有惡感的人。出於理念認同，使得穆方對羅小美有莫名的好感，而羅小美同樣因為類似的理由，對穆方敞開了心扉。

羅小美曾是個樂觀活潑的女孩，小學時甚至還幫朋友出頭，痛揍那些調皮的男孩子。但初中時，她的通靈眼開，使得一切都慢慢改變了。

沒人相信羅小美的話，把她當成怪胎，而她也越來越內向，害怕和人說話，便成了現在這個孤僻樣。

上大學後因為靚麗的外貌，曾有男生追過她，但均因為拍肩搭訕後被摔進醫院，再加上她孤僻的性子，一來二去，同學都不敢再和她來往。韓青青雖然不會躲她，但兩人相差兩歲，又不在同個城市，平時少有交集。

在石坪市，羅小美的朋友只有一個——她的小學兼大學同學，高琳娜。

高琳娜小學曾和羅小美同桌，關係十分要好，後來小學沒畢業就搬家離開了。等到上大學時，兩個人竟考上了同間學校，院所也相同，只是不同科系。

和羅小美不同，高琳娜性格開朗、多才多藝，剛上大一就成了學校裡的風雲人物。在其他人都躲著羅小美時，只有高琳娜還像小學一樣和她做朋友，甚至為了陪她，拒絕其他的聚會活動。沒有高琳娜，羅小美甚至不知道自己這一年的大學生活該怎麼熬過來。

只是非常可惜，就在一個多月前，高琳娜不慎失足從樓梯上落下，香消玉殞。

回到羅大海的養心齋，羅小美把她和高琳娜的故事說給穆方聽，韓青青沉著臉坐在一邊。說到最後，羅小美淚如雨下，泣不成聲。

穆方覺得韓青青的樣子有些奇怪，但還是安慰了羅小美幾句，問道：「這麼說，妳是想再見她一面嗎？」

「我見過她，但沒辦法和她說話，她也看不到我。」羅小美眼睛通紅：「琳娜以前一直在照顧我，她現在很可憐，我卻幫不了她……」

「這沒問題。」穆方拍拍胸脯：「妳告訴我她在哪就可以了。妳和我一起去，我當妳們的傳聲筒，說不定能因此解開高琳娜心結，讓她早入輪迴。」

「太謝謝你了，謝謝，謝謝，要是能救出琳娜，我，我……」羅小美激動地語無倫次，都不知道該怎麼感謝才好，只能不停幫他倒水。

穆方哭笑不得，自動忽略了羅小美話裡奇怪的地方，同時也收到天道的任務提示。

信件：朋友的信念。

報酬：妄虛寶玉碎片。

寄信人：羅小美，女，十九歲……

收信人：高琳娜，一月怨靈，女，卒年十九歲……

妄虛寶玉？

其他資訊還好，但突然冒出的這個名字讓穆方愣了一下。

穆方壓根沒指望羅小美給自己報酬，沒想到竟然冒出個什麼寶玉，而且聽起來還滿厲害的樣子。

「小美……妳是打算給我什麼報酬嗎？」穆方問完後臉有點發燙。

不要節操也是分對象的，對羅小美這麼單純的女孩，貿然談起報酬，多少還是讓他有點彆扭。

羅小美不好意思地說：「我沒什麼錢，但有一個小玉片，好像和那些人……噢，就是你說的靈有關。你既然常幫他們送信，應該會用得到吧。」

羅小美起身去取東西，等她走了，韓青青這才開口。

「穆方，你平時怎麼玩我不管，但不該和小美姐開這種玩笑！」韓青青的表情很嚴肅。

「我沒開玩笑。」帶著雯雯從安洪市回黑水後，穆方就沒打算再隱瞞，所以一直都沒迴避韓青青，只是缺少契機，今天正好能說清楚。

韓青青皺眉盯著他。

「小美姐從小就會說些奇怪的話，上個月她好朋友出事，精神壓力很大。老實告訴你，我這次來石坪，就是特地來陪她的。你用這種方式，會讓她的病……」

「她沒病。」穆方打斷韓青青：「我知道很多事情妳無法相信，但我沒有騙妳。當初我能找到吳家四口的屍首，還有帶秋荻和孫老師去李向秋自殺的地方，都是因為我能看到靈。」

韓青青下意識地想反駁，但張了張嘴，沒有出聲。

穆方所說的，韓青青都有親身經歷，尤其是在石頭村那次，的確感覺很多東西有點邪門。

「這個任務妳可以和我一起，看看我是不是撒謊。」穆方又道：「信不信隨妳，但我一定要幫忙小美。」

既然羅小美知道高琳娜靈體所在，這個任務就沒什麼難度，帶上韓青青也不會有問題。

韓青青正要說話，羅小美就從外面回來了。

「暫且信你這個神棍一回，騙我是小事，要是敢騙小美姐，我撕爛你的嘴！」韓青青壓低聲音威脅了一句，不再言語。

羅小美沒注意到穆方異樣的表情，拿著一個東西走到面前。

「就是這個，你看看有沒有用。」

看到羅小美手裡的東西，穆方又是一怔，下意識摸了下胸口，那裡是他戴的玉片的所在位置。

除了大小外，質地、色澤，兩者看上去幾乎一模一樣。

老薛和李文忠都說這玉片是好東西，但從沒說過名字，難道它們都是一塊名叫妄虛寶玉的玉珮碎掉而成的？

「你喜歡就好，先給你吧。」見穆方看得眼睛發直，羅小美遞了過來。

穆方剛要伸手接。

轟隆！

天空中一聲雷響，穆方一下子將手縮了回去。

差點忘了，這是任務報酬，還沒完成就伸手，鐵定被劈啊！

「我是有原則的人，事沒辦完是不能拿妳東西的。」穆方義正辭嚴。

就這樣，非常有原則的穆方，和韓青青、羅小美乘車到了一座公園。

登上其中一座觀景山，快到山頂時，羅小美指著遠方一座七層石塔道：「琳娜就在塔裡。」

穆方點頭，正待繼續前行，步伐突然一頓，眼中滿是愕然。

在塔的四周，分別鑄有裝飾性的石燈。

這本沒有什麼特殊之處，可在正對東南西北四個方向的石燈裡，穆方竟然察覺到了一陣熟悉的感覺。

四靈之氣，是四靈結界！

「靈目，開！」

穆方手印翻動，開啟靈目。

四根模糊光柱屹立四方，圍成彷彿柵欄似的光幕，將石塔困於中央。

穆方微微鬆了口氣。

不是真正的四靈結界，甚至還不如自己所布的山寨版，只是模仿了四靈之力，唯一的作用是鎮靈。

不過，究竟是什麼人，會用四靈結界來鎮靈？

這個任務好像沒想像中那麼簡單啊。

「青青，小美，妳們在這等我。」穆方面色沉重：「沒有我的話，千萬不要靠近石塔一步。」

穆方此時的氣場明顯與平時不同，就連一向任性的韓青青，都沒有生出反駁的念頭。

04

七煞煉靈陣

通靈眼僅限於見靈，對靈力或是陣法等等完全無效，跟普通人無異。

將韓青青、羅小美留在外面，穆方獨自一人步入石塔。

這石塔是觀光所用，平時常有人走動，牆壁上畫滿了許多孩童的塗鴉，穆方一直走到第六層，停了下來。

通往第七層的樓梯有道上鎖的鐵門，上面寫著：「年久失修，禁止入內。」

從鐵門的縫隙中，一縷縷具象化的怨氣滲漏出來。

穆方倒吸一口冷氣，不禁後退了幾步。

當初在安洪市龍騰社區的地下倉庫，百餘具貓骨凝聚的怨氣曾讓穆方吃了一驚。可現在僅僅是從門縫溢出的怨氣，就已遠超過倉庫的濃度。而且那鐵門上明顯加了隔絕怨氣的符咒，竟然還會有怨氣洩出……

裡面究竟是關了什麼東西？

按照羅小美所說的時間，高琳娜就算立刻變成惡靈，也不可能有這樣的怨氣吧。

這鐵門，開還是不開？

再加上外面的四靈陣，萬一有人在裡面封印了什麼麻煩的東西，貿然開門豈不是壞事？

正猶豫時，突然，穆方感覺腦後一陣惡風襲來。

他本能地偏過身，一道殘影從身側劃過。

接著就聽見噹啷聲響，鐵門上的大鎖被切成兩半，掉落在地。

「有什麼好猶豫的，想進就進唄。」雯雯蹲在鐵門前面，舔了舔爪子。

穆方氣惱道：「妳什麼時候跟過來的，怎麼一點動靜都沒有？」

「大叔，我是貓誒。」雯雯瞪著眼：「要是走路都被你發現，那我做貓也太失敗了。」

「呃……」穆方語塞。

在穆方面前，幾乎沒幾個能在嘴皮上討到便宜，唯獨雯雯是個例外。

「到外面待著，別在這給我搗亂。」穆方伸手拉住鐵門的把手。

他是真的不希望雯雯待在這，不是怕她搗亂，而是怕裡面有什麼情況，雯雯會出手。

李文忠話說得很明白，雯雯雖然看似強大，但生機已斷，沒有補充靈力的方法，戰鬥的次數越多，生命消減得越快。

雯雯不以為意地伸了個懶腰：「有什麼了不起的，你來之前我就已經到裡面玩過了。」

「什麼?妳進去了?怎麼進去的?」穆方大吃一驚。

「從外面窗戶進去的啊。」雯雯上下打量穆方：「不過你不行，太胖了。」

「自己到旁邊玩去。」穆方賭氣地拉開鐵門。

鐵門一開，似有一陣狂風湧出，穆方不禁打了個冷顫。

好濃的怨氣，猶如濃霧一般。

「雯雯，裡面究竟是什麼?」穆方忍不住問道。

「有個怨靈，但怨氣不是她發出的。」雯雯不高興地道：「裡面應該有你說的那種陣法吧，我能看到那個靈，但靠近不了。」

雯雯滿城跑著到處玩，偶然發現了這個地方。她就是在怨氣中孕育出來的，不怕這些怨氣，好奇地進去後，在裡面發現一名怨靈。當她想走近細看時，卻被陣法之類的東西擋住了。

聽了雯雯的話，穆方更加奇怪，當即走上樓梯。待上到最頂層，穆方的眼睛瞬間瞪得老大。

這是……

一名雙目微閉的少女怨靈立於樓層正中，七條虛幻的鎖鍊穿身而過，分別固定在地面和石塔頂部。房間的地面、牆壁、屋頂，均被人用白色顏料畫著古怪的圖騰紋樣，一團團焰火似的怨氣，在少女腳下升騰。

七煞煉靈陣，至邪至毒之陣。

難怪雯雯說走不到中間，能走過去就奇怪了。外面的四靈封印也不是為鎮靈，分明是為了隔絕這裡的怨氣，防止被其他通靈者發現。

尋常的煉靈陣，都是以各種手段煉化靈體怨氣，可這七煞煉靈陣，卻是將怨氣煉入靈體內，就算是尋常遊魂，也會被這種毒陣煉成惡靈。

再看向那少女，靈目也獲取了資訊。

高琳娜：一月怨靈，女，窒息，卒年十九歲。

窒息？高琳娜不是從樓梯上跌下來的嗎？

再看房間陣法，穆方心中湧起了陣陣怒火。

聚怨煉靈，歹毒之極，即便在除靈師眼裡也是大逆之舉。據老薛說，七煞煉靈陣在清末時就已經很少見，沒想到如今這個年代，竟然還有這樣的混帳存在。

穆方環顧房間，沒有往前走的意思。

陣法自帶守護功能，直接走過去會被幻境誤導，哪怕只有幾公尺的距離也走不過去。

七煞煉靈陣與尋常陣法不同，以陣圖為根基布陣，不需要其他周邊輔助，牆上的圖案都是陣圖幻化而出，存於虛空之間。就算整個座塔都塌了，也不會影響陣法本身。

如果穆方實力強到一定程度，以三界郵差的特殊能力，一切陣法都如同泡影，只是現在，他還沒有破陣的能力。

無奈，他只得帶著雯雯暫離石塔，另尋解決之道。

羅小美正等得心急，看到穆方出來連忙問道：「怎麼樣?你見到琳娜了嗎?」

韓青青雖然沒說話，但狐疑地看著穆方。

穆方沉默片刻，開口問道：「小美，妳去見過高琳娜?」

穆方對羅小美有一定好感，但畢竟認識沒有幾天，再加上塔上的情況，心中還是不免多出幾分懷疑。

「是啊，經常去……哎呀，剛才我忘了。」羅小美突然想到什麼似的，從口袋掏出一把鑰匙：「那道門被鎖上了，我撬開後就偷偷換了一把，你剛才沒進去吧？」

「呃……可能又得換把鎖了……」穆方內心無語，真是真人不露相，人家公園的鎖，羅小美說撬就撬了。

穆方又狐疑道：「妳是怎麼知道高琳娜在這的？直接找過來的？」

「不是，是司馬教授幫我的。」羅小美臉上多了幾分敬仰和感激：「如果不是他，我根本找不到琳娜。」

「等等，司馬教授又是誰？」穆方疑惑。

司馬這個姓氏太少見，再和靈體聯繫起來，他一下就想到了那個司馬山明。不過羅小美也見過司馬山明，不像認識的樣子。

「噢，這個也忘記說了。」羅小美不好意思地吐了下舌頭，解釋道：「司馬教授叫司馬烈，是中文系的教授。別人都把我當神經病，只有他相信我能看到靈體，一直很幫我。

「琳娜出事那天，我正好在附近，親眼看到琳娜的靈被一名戴口罩的怪人抓走，我很害怕，就去找司馬教授求救。琳娜被關在這裡，就是他幫我找到的。」

聽著羅小美的描述，穆方的眉毛緊緊蹙在一起。

四靈結界、七煞煉靈陣、司馬教授，現在竟然又冒出一個怪人……這一切種種，都太詭異了。

羅小美補充道：「對了，還有那個玉片，也是司馬教授送給我的。」

「什麼?!」穆方一驚，眼神閃了又閃，沉聲道：「小美，妳得幫我做兩件事。一件是給我高琳娜的相關資料，她的父母家人、朋友同學，所有妳能弄到的一切都給我。至於另外一件……我想見見那位司馬教授。」

「司馬教授你暫時見不到，他出差了，過幾天才會回來。」羅小美仔細想了想：「琳娜的個人資料倒是沒問題，我可以寫在紙上給你。正好我那邊有一本琳娜的相冊，都是她的朋友和家人。」

韓青青忍不住插話道：「穆方，你不是要證明給我看嗎?怎麼證明?」

「現在沒時間！」穆方煩躁道：「這件事妳不能繼續參與了，沒事就和妳爸早點回黑水。」

韓青青是極陰之體，很容易被靈體上身，幾個月前石頭村發生的事，穆方可不想再重複一次。何況這次事態非同小可，若是應了自己的猜測，可不是只有一個怨靈那麼簡單。

從認識開始，穆方表現出來的模樣一直是痞痞的、對什麼事都漫不經心，他現在這樣，讓韓青青有些陌生，但心中的好奇更加強烈。

韓青青暗自打定主意，不管穆方是不是神棍，這件事自己都得跟到底。

穆方要高琳娜的資料，只是出於萬全的考慮，實際上也沒抱太大希望，他真正想的是見見那位司馬烈。

找一個靈體有多難，沒人比穆方更清楚了，公園石塔又被四靈結界封鎖，區區一位中文系教授，憑什麼就能找到？更重要的是，妄虛寶玉碎片。

劉豔紅的玉片、吳家四口的玉片、雯雯的玉片，基本上可以確定是同一人給的，現在羅小美的玉片，也是別人給的。這一連串的線索聯繫到一起，未免也太巧了。

可是等穆方看到高琳娜的相冊，才知道什麼叫太巧。

羅小美所說的相冊是高琳娜特意送給她的，扉頁是高琳娜和她的合影，再往後才是高琳娜的家人和其他朋友。

穆方一邊翻看，羅小美一邊講解，雯雯無聊地趴在旁邊甩尾巴。

幸福的回憶和些許傷感在羅小美臉上交織浮現，穆方深受兩個女孩的友情感動，時不時地插幾句話，然而當翻開下一頁後，他不禁咦了一聲，雯雯也瞪大了眼。

「照片上的這些人是誰？」穆方指著一張合影，上面除了高琳娜外還有七名女孩。

「琳娜同寢的同學，也都在同個班級。」羅小美羨慕道：「她們都是琳娜的好朋友，人都很好。」

穆方的眼睛落在其中兩位女孩的臉上，和雯雯互看一眼。

如果沒記錯，這兩位女孩，穆方和雯雯都見過。

她們就是穆方在巴士上遇到的那兩名女大學生。

「這幾個呢？」穆方又點其他的照片詢問。

羅小美逐個解答：「這兩頁都是琳娜的同班同學，琳娜是班代，這個男孩是班長，也是琳娜的男朋友。還有這個……」

雯雯爬到穆方肩膀上，小聲道：「這些人，都在那輛巴士上。」

穆方苦笑。

就算雯雯不說，穆方也依稀有些印象。仔細想想，那兩個女大學生好像也說過，是同班同學一起外出遊玩。

難怪當時他們那麼沉默，原來同學剛剛去世……

不過，這可真夠巧的。

突然，一個口罩男的影像從穆方腦中一閃而過。

「小美。」穆方眼神閃動：「那個帶走高琳娜靈體的人長什麼樣子？我記得妳說，是口罩怪人？」

羅小美仔細想想，回憶道：「那天很熱，但他穿得很多，讓人感覺非常奇怪。因為他戴著大口罩和墨鏡，我沒看清他長什麼樣子。」

「我現在出去一趟。」穆方拳頭一緊：「司馬教授回來時，妳一定要第一時間打給我！」

穆方離開古玩街，與雯雯一起前往高琳娜所在的公園，路上順便打了電話給李文忠。

「忠哥啊……」

「有屁就放。」李文忠太了解穆方了，只要打電話準沒好事。

「您真了解我。」穆方訕笑著問道：「其實不是什麼大事，我只是想問問，您知道怎麼破解七煞煉靈陣嗎？」

「七煞煉靈陣？」李文忠的聲音明顯很驚訝：「那陣法沒有古陣圖是布不出來的，你又惹什麼麻煩了？」

穆方故作隨意道：「我接了個任務，報酬是虛妄寶玉的碎片，但收信的靈被人困到七煞煉靈陣裡了。」

「你這小子……」李文忠沉默了好一會兒。

大人找虛妄寶玉找了多少年，才好不容易找到一塊碎片。穆方倒好，才幾個月竟然又碰到一塊，如果真讓他把玉片集齊，就真的是天意了。

「七煞煉靈陣不難破，找到陣眼就可以。」李文忠提醒道：「不過那陣法是古代凶陣，尋常人就算有陣圖也未必布得出來，布陣者的威脅程度不會弱於惡靈，你定要小心。」

穆方哼了一聲：「布陣的混蛋我肯定會提防的，不過陣眼怎麼找？」

「你看不到？」李文忠奇怪地問道：「你的《聚靈歸元心經》練到第幾重了？」

「第二重啊。」穆方得意道：「說不定這次回去，我就能練到第三重，靈力就是通靈境後期了。」

「都這麼久了，白痴也能練到第三重，你才兩重太慢了。」李文忠毫不客氣。

穆方憤怒道：「你找個白痴來練練看，我已經很神速了好不好！」

李文忠沒打算和他鬥嘴，回道：「如果只是第二重，沒辦法直接破開七煞煉靈陣，還得用些道具。不過，喚醒陣中所困之靈倒沒什麼問題……」

到了公園石塔前，穆方還在思索李文忠的話。

破陣不怎麼困難，只是要找齊那些道具有點麻煩，早知道就從家裡帶出來了。算了，這事回頭再想，今天先把高琳娜叫醒，問清楚怎麼回事再說。

走入塔內，雯雯愜意地伸了個懶腰。

「大叔，這裡挺舒服的，你救那個靈出來後，別破壞掉這裡哦。」

讓穆方不適的怨氣，雯雯卻非常享受。

「別做夢了，我可不希望妳再被怨氣影響。」穆方揉了揉她的腦袋，邁步登上石塔七層。

「北斗度厄，真宗降靈，七星鎮空，玄冥交映……著著著！」

穆方咬破中指，腳踏七星，將一滴滴血液屈指彈向屋頂。

北斗血煞咒，也是凶性十足的咒法之一，如果不是為破這七煞煉靈陣，李文忠未必會傳授給穆方。

以陽血布下殘陣，將七煞煉靈陣中的怨氣旁引，雖然一時無法破陣，但可保陣中怨靈暫無被煉成惡靈之憂。待穆方集齊所需之物，便可在此基礎上將七煞煉靈陣破掉。

七個血點以北斗七星方位分布於屋頂，穆方隨即開啟靈目，將靈力提升至通靈境中期。

穆方雙手結印，七星紅芒閃動，一直注入高琳娜的怨氣猛然改變方向，瘋狂地湧入血點中。

待怨氣散盡，高琳娜眼皮動了動，緩緩睜開了眼。

「妳好？」穆方笑著和高琳娜打了個招呼。

高琳娜打量穆方幾眼，露出一抹恍然的神情：「是你啊。」

穆方一怔：「妳認識我？」

「不認識。」高琳娜神色不悅：「但我在巴士上見過你。」

「妳當時也在？」穆方更驚訝了，隨即恍然，臉色陰沉幾分。

靈體留世，都有執念之地，受天道束縛，無法輕易離開。然而高琳娜曾在那輛巴士上出現，也就是說，當時雯雯在口罩男身上感應到的怨靈，多半就是她！

穆方沉思片刻，試探性地問道：「那個口罩男身上的怨氣來源就是妳？妳當時也能看到車上情況？」

「當然能，我看得夠久了。」高琳娜自嘲似地喃喃自語：「還以為我有多麼重要，還以為大家多麼喜歡我，結果到最後……呵呵，根本沒人在乎。」

經歷了李向秋的事，穆方自然知道高琳娜話裡的意思。自己剛死沒多久，同學便集體出去郊遊，曾是校園風雲人物的高琳娜，心裡肯定無法接受。

但和單純的李向秋不同，高琳娜似乎對同學頗有怨念。

不過眼下這時，穆方沒心思開導她，他最在意的是那個口罩男。

「知道囚禁妳的人是誰嗎？他去哪了？」穆方詢問。

「我為什麼要告訴你？」高琳娜眼神不善地看向穆方：「還有，你為何要阻止陣法運作，快點恢復。」

穆方皺眉：「妳知道這陣法是做什麼用的嗎？」

「當然知道，那個人告訴我了。」高琳娜眼中閃過一抹恨意：「一個能讓我找他們的方法，找我那些『朋友』理論的方法。」

「高琳娜，妳在想什麼？」穆方又驚又怒：「妳成為怨靈是被人所害，但並非妳的朋友導致，如果我所料不差，那個口罩男才是害妳的人！」

「是又怎麼樣？反正我已經這樣了，還有什麼好在乎的？」高琳娜的身子顫抖，鎖鍊嘩啦作響：「我在乎的，是我竟然像傻子一樣過了那麼久！我以為他們會為我難過，為我傷心，但我看到了什麼？什麼都沒有！」

在歇斯底里的怒吼聲中，鎖鍊抖動得越發厲害，高琳娜身上怨氣噴湧：「沒了我，他們更開心了。他們吃吃喝喝、打打鬧鬧，甚至高興地去郊遊！我以為自己是個寵兒，現在才知道自己是個蠢蛋！我沒有朋友，從來沒有過！」

「妳忘了小美嗎？」穆方見高琳娜如此激動，連忙控制語氣，輕聲道：「這個世界上還有很多在乎妳的人。」

「對，還有小美……」高琳娜神色總算柔和了一些，卻又忽然凶狠起來：「可是，也只有小美了！他們平時看不起小美，我正好幫小美出這口氣！」

「妳……」穆方無奈地嘆了口氣。

現在的高琳娜被怨氣沖昏頭，和當初的劉豔紅有得一拚。這時無論說什麼，她恐怕都聽不進去。

看來只有讓羅小美來勸她才有效了。

只是這次天道給的目標很明確，不會再給寄信人和收信人交流的機會，言語溝通是不用想了，只能折中一下，想辦法讓高琳娜看到羅小美。

穆方正在思索，雯雯從外面走進，看了高琳娜一眼，對穆方道：「這個女人好吵啊，要不要我教訓她一下？」

「呃，不用了，陣法還沒破呢。」穆方頓時滿頭汗。

正在這時，穆方的手機鈴聲突然響起，是羅小美打來的。

「穆方，司馬教授提前回來了。」羅小美道：「我剛才打給他，他說正在回來的火車上，明天上午就到學校。」

「太好了。」穆方瞥了瞥眼中恨意濃濃的高琳娜，對電話裡的羅小美道：「明天我和妳一起去學校，見見司馬教授。」

05

南司馬

以防萬一，穆方特地讓雯雯留在石塔守夜。當然，他再三強調，無論發生什麼事都不可以出手戰鬥。

一夜無話，第二天一大早，雯雯返回古玩街與穆方會合，和羅小美一起前往華科大。韓青青堅持跟著，穆方也只得讓她同行。

「這裡真不錯，大學志願我就填這裡好了。」

這是穆方第一次走進大學校園，怎麼看怎麼新鮮。加之華科大的校園綠化設施很不錯，走在裡面十分心曠神怡，讓他不禁對自己未來的大學生涯多了些美好的想像。

韓青青撇了撇嘴：「我早打聽過了，你那個成績想上華科大？聰明的話就重考一年，在我的監督下，明年說不定還有可能。」

穆方不屑：「我說不定能拿大考榜首呢，妳見過哪個大考榜首重考的？」

「呿，你要是能當大考榜首，我就是你的小老婆。」韓青青過於鄙視穆方，以至於口不擇言。

穆方哈哈大笑：「就這麼說定了，別反悔啊。」

韓青青自覺說錯話，氣惱地跺了跺腳，乾脆不再理他，向羅小美問道：「小美姐，那個司馬教授是個什麼樣的人？」

「司馬教授人很好，非常正直，不過可能就是因為太正直了，得罪了人，都六十多歲了還是副教授。」

羅小美明顯對司馬烈充滿敬意，但穆方對他卻帶著十二分的提防。目前為止，司馬烈是口罩男的頭號可能人選。這次來華科大，穆方之所以帶上雯雯，就是想借助雯雯的超強感知確認一下。

羅小美領著穆方和韓青青走進一棟辦公大樓，剛進大樓沒幾步，就聽到走道深處某個辦公室裡傳出一陣怒吼：「你給我滾，馬上滾！你們司馬家的事和我沒關係！」

一個年輕人的聲音隨之響起：「烈爺爺，您也是姓司馬的……」

「我的姓是父母給的，關你屁事！」年輕人的聲音被粗暴地打斷：「再不滾，信不信我把你打出去！」

又是一陣雜亂聲響，辦公室的門猛然打開，一個人踉踉蹌蹌地從裡面被人推了出來。隨後匡噹一聲，門又被狠狠甩上。

看到被推出那人的相貌，穆方微微一怔，連忙拉著韓青青和羅小美躲到一邊。

是司馬山明。

司馬山明被推出來後，從走廊邊又閃出一名女孩子。

「山明哥，烈爺爺他……」

看到那女孩，穆方更是驚訝，竟然是陳清雅。

在安洪市與陳氏父女告別後，沒想到還會再見到面。

若是換個時候，穆方說不定會過去向陳清雅說情，叫她想辦法說服她老爹幫忙解凍銀行帳戶。雖然他現在是億萬富翁了，但幾十幾百萬都是錢啊。

司馬山明尷尬地和陳清雅聊了幾句，一起轉身離開。

待司馬山明出了大門後，穆方才和韓青青、羅小美從樓梯後面冒出頭來。

「怎麼是他啊？他認識司馬教授？」羅小美一臉狐疑。

「他叫司馬山明。」穆方似笑非笑。

「司馬山明、司馬烈……」韓青青咕噥了句：「說不定真是一家人呢。」

「司馬教授。」羅小美敲了敲門：「我是羅小美，帶個朋友來見您。」

「進來。」

隨著一個略帶幾分疲憊的聲音，穆方和羅小美推門而入，韓青青則識趣地等在外面。

辦公桌前坐著一名老人，戴著眼鏡，留著鬍子，身材消瘦，雖然兩鬢斑白，但皮膚紅潤，精氣神完全不輸年輕人。

司馬烈，華東科技大學中文系教授。

雖然他盡力掩飾，但還是不難看出眉宇間的怒氣。

「司馬教授，這就是我在電話裡和您說過的朋友。」羅小美把穆方推到前面。

雯雯趴在穆方肩膀上，瞇著眼看向司馬烈。

「你好。」穆方微微欠了下身。

不管心裡怎麼想，表面功夫是一定要做到的。

司馬烈端著架子，典型的老學者模樣：「你是通靈者？」

穆方以同樣的目光看著他：「你是口罩男？」

高琳娜靈體被口罩男帶走這件事，司馬烈知道得比穆方早，被這麼一問，讓他渾身不自在。

司馬烈不悅道：「你憑什麼這麼說？」

穆方聳肩：「猜的。」

司馬烈差點把髒話罵出來，氣呼呼道：「真是世風日下，現在的小輩越來越不懂得尊師重道了。」

「你是說司馬山明？」穆方深以為然地點頭道：「那小子是挺沒水準的。」

司馬烈臉色猛然一變：「你也是司馬家的？」

「我叫穆方，來自黑水穆家。」穆方一本正經道：「你們司馬家自己的事，最好不要把穆家扯進去。」

司馬烈微微皺眉，看向穆方的眼神多了幾分慎重。

和早先陳天明一樣，司馬烈也被黑水穆家什麼的給唬住了。

見兩人大眼瞪小眼，羅小美滿頭霧水，忍不住咳嗽了一下：「司馬教授，我們是來向您問琳娜的事。」

「噢，不說我差點忘了。」司馬烈沒好氣地瞪了穆方一眼，轉而對羅小美道：「其實我這趟出去並非公差，而是請假去閩南找了些東西，可以把琳娜從那個地方救出來。不過她能否入輪迴轉世，我就幫不上忙了。」

穆方一愣，脫口道：「你會破七煞煉靈陣？」

司馬烈驚訝地看向穆方：「你這個年紀，竟然也知道七煞煉靈陣？？」

穆方沒理會司馬烈，對還在狀況外的羅小美問：「小美，妳知道七煞煉靈陣嗎？」

「第一次聽到。」羅小美奇怪地問司馬烈：「司馬教授，你知道破陣方法怎麼沒和我說啊，我還以為您出差了呢。」

司馬烈嘆了口氣：「妳雖然擁有通靈眼，但畢竟不是真正的通靈者，知道這些事情，對妳來說不是好事。若不是妳帶這個小夥子過來，我就悄悄去把琳娜給救出來了。」

「你也不是通靈者吧。」穆方打量司馬烈：「在你身上，我感覺不到靈力。」

「我曾經是個除靈師，但十幾年前出了些意外，靈力盡失了。」司馬烈表情黯淡。除靈師失去靈力，無疑是件很殘酷的事，尤其是以司馬烈的年紀來說。

「我到學校當老師，就是想遠離過去的生活，這些年一直很平靜，直到遇見小美。」司馬烈苦笑一聲：「如果是以前的我，或許根本不想理會，但失去靈力讓我想通很多事，能幫的自然要幫一把。現在既然有人拘拿了高琳娜的靈，我更不能坐視不管。」

「你查到那位口罩男的身分了？」穆方追問。

「有一些眉目，但我還不能告訴你。」司馬烈似乎有意隱瞞什麼，含糊其辭道：「現在當務之急，是趕緊破掉七煞煉靈陣，如果再持續下去，讓高琳娜變成惡靈就糟了。」

穆方沉吟片刻，沒有繼續追問。

如果司馬烈真能幫忙破除七煞煉靈陣，那他所說的話可信度就提高了。不過在那之前，也得先摸摸這老傢伙的底才行。

羅小美繼續和司馬烈說話，穆方則以上廁所的名義暫時退出房間。

出門後，他回頭看了一眼，低聲對雯雯問道：「怎麼樣？是口罩男嗎？」

「不確定，但我總覺得那老頭子有古怪。」雯雯猶疑道：「他噴了很多種香水，我無法辨別他的氣味。還有，他的鬍子是假的，白頭髮好像也是染的，他本來的相貌，一定比現在的模樣年輕很多。」

「肯定有問題。」穆方哼了一聲：「竟然還噴香水，就算不是口罩男，也是個老變態。」

「你說什麼？」韓青青湊了過來。

「沒事，我打個電話。」穆方搪塞了句。

自己的事，穆方可以和韓青青說，但雯雯的事，除非她自己願意，否則穆方一個字都不會吐出來。師父老薛、李文忠，同樣如是。

穆方拿著手機翻了下通訊錄，眼睛落在一個名字上。

陳清雅。

她會出現在這裡，必然知道司馬烈一些底細。雖然她和自己不太對盤，但花花腸子比她爹少得多，簡單地說，就是好糊弄。

「陳清雅嗎，我是穆方。」穆方撥通了電話。

「死變態！」嗶的一聲，陳清雅把電話掛了。

穆方無言以對，韓青青則用質疑的眼神看他。

穆方無奈地再度撥號。

「死變態！」電話接通，沒等穆方說話，陳清雅罵了一句又把電話掛了。

韓青青越發狐疑，穆方大怒，撥了第三次電話。

那邊一接起電話，穆方立刻就大吼一聲，分貝堪比破了嗓子的帕華洛帝。

「靠，你想吼聾我啊！」韓青青推了穆方一把。

好多辦公室裡的人開門張望，羅小美和司馬烈同樣出來看情況。

「不好意思，我踩到自己腳了。」穆方打了個哈哈。

一群人翻著白眼退了回去。

這邊都被驚動成這個樣子，電話另一端的陳清雅是何感受就可想而知了。

電話沒掛斷，過了好一會，陳清雅的咆哮聲才響起：「你找死啊，我差點聾掉你知不知道！」

韓青青隱約聽到電話那邊是個女生的聲音，下意識地咬了咬嘴唇，努力側著耳朵想聽對方講什麼。

「總算說人話了。」穆方沒注意到韓青青的舉動，繼續講電話，鬆了一口氣道：

「我還以為是答錄機呢。」

「你！」陳清雅又要發飆。

穆方連忙道：「向妳打聽兩個人，司馬烈妳認識嗎？」

電話另一邊沒有任何回應。

穆方喂喂了兩聲，嘀咕道：「又掛了啊？」

「我還在聽。」陳清雅突然說話了，聲音有點奇怪：「你是怎麼知道他的？」

「聽人提起，就有些好奇……」穆方信口胡謅。

陳清雅又沉默了一會，直到穆方不耐煩地再度詢問，她才緩緩道：「司馬家也是除靈師世家，比我們陳家的傳承更早。在除靈師幾大家族門派中有『南司馬，北王劉』的說法，說的就是最強的三個世家。

「司馬烈是上任家主司馬風的弟弟，曾是一名聚靈境強者，但大概在二十年前，不知為何突然失去靈力，並和家裡發生矛盾。隨後司馬風通告天下，宣布司馬烈被逐出家門，司馬玄青也是那個時候繼承了家主之位。」

「聽起來好像來頭很大啊。」穆方嘖了兩聲。

陳清雅警告道：「別怪我沒提醒你，司馬家的人可不像我和爸爸這麼好說話。雖然現任家主司馬玄青也失了靈力，但老家主司馬風尚在，其他高手也有不少，你要是惹到他們，絕不會有好果子吃。」

「嗯，謝謝啊，我會注意的。」穆方敷衍兩句，掛了電話。

韓青青張了張嘴，似乎想問什麼，最後還是沒有問出口。

他打給別的女生關我什麼事，我才不問呢。

韓青青違心地自我說服。

和陳清雅通過電話，穆方非但不能信任司馬烈，反而加重了懷疑。

口罩男身上沒靈力波動，卻能布陣拘靈。司馬烈身上也沒靈力，但他曾為一代強者，有破陣之能並不意外。這兩者結合到一起，多少有相通之處。

另外，雯雯也說司馬烈的鬍子和白髮是假的。

司馬山明的相貌讓人聯想起妖異男，同為司馬一族的司馬烈，如果沒了那些偽裝，又會是怎樣的容貌呢？

等到了石塔後，穆方的疑心就更重了。

穆方、韓青青、雯雯、羅小美、司馬烈一同返回石塔，只是在進到頂層後，空空如也。

高琳娜不見了。

從現場的情況看，沒有外力破壞陣法的跡象，應該是布陣之人自行解開。

「琳娜去哪了？昨天還在呀！」羅小美急得都快哭出來了。

穆方看了羅小美一眼，把目光轉向皺眉思索的司馬烈。

「司馬教授，您覺得高琳娜會在哪呢？」

司馬烈人老成精，自然不會不懂穆方的意思，不悅道：「怎麼？你懷疑我？」

「只是覺得太巧。」穆方悠悠道：「您剛回來，高琳娜就不在了。」

「小子，少在我面前陰陽怪氣的。」司馬烈惱怒道：「別忘了，今天我一直和你們在一起。」

「那早上呢？」穆方看了看手表。「九點以前我可不知道您在哪。」

雯雯昨天晚上在石塔守夜，七點多回到古玩街，等一行人吃過早飯到了華科大，已經九點多了。

「好，既然你想知道，我就告訴你！」司馬烈惱怒異常，從口袋裡翻出一張火車票扔到穆方身上：「我今早七點下的火車，然後直接到學校。如果你不信，大可去學校問。」

穆方撇嘴：「買張票還不簡單，誰知道你有沒有上那輛車。」

羅小美急忙道：「穆方，你在懷疑司馬教授嗎？你怎麼能懷疑他？」

「隨便他！」司馬烈氣呼呼甩下一句，大步走下石塔。

「司馬教授……」羅小美連忙追上。

韓青青什麼都看不到，但其餘幾個人說得煞有其事，她在塔裡只覺得有些發毛，也跟著羅小美跑了出去。

穆方正打算追去，雯雯突然扯了扯他的褲管。

「怎麼了？」穆方感覺雯雯的樣子有些奇怪，蹲下身子問道。

「對不起……」雯雯低著頭：「高琳娜可能昨天晚上就不在了。」

「啊？」穆方一愣，脫口道：「妳晚上沒在這？」

「我去別的地方玩了……」雯雯低著頭不敢看他。

「這是什麼表情？沒事的。」穆方笑著揉了揉雯雯的腦袋：「在這守整晚誰都會無聊。走吧，先下去再說。」

「我會找到高琳娜。」雯雯一對晶亮的眼睛閃了閃，輕巧地跳上窗口。

「找人可以，但無論如何都不能動手……」穆方話音未了，雯雯的身影早已消失不見。

穆方表面的淡定都是裝的，雯雯那麼聰明，哪裡看不出來。

高琳娜的情況十分特殊，雖然移動範圍不可能像雯雯一樣無拘無束，但卻有位神祕的口罩男存在。如果對方在背後採取手段，讓靈體暫時脫離天道管控也不是難事。

如果此時高琳娜已成惡靈之體，天知道她會找上誰。

司馬烈看穆方不順眼，但對高琳娜失蹤一事也很焦急。高琳娜所在班級的學生們正好在上必修課，在穆方下塔前，他就聯繫了那門課的老師，請對方幫忙把學生都留下。隨後，穆方和羅小美去見那些學生，司馬烈再設法尋找那些請假沒來的人。

穆方沒有其他辦法，只得按照司馬烈的計畫，帶著韓青青和羅小美先去學校。

學生們被莫名留下，都在大聲抱怨，教室裡亂哄哄的，然而等穆方一行人進入教室，頓時鴉雀無聲。

一道道目光盯在穆方臉上，有驚愕，有難以置信，還有絲絲崇拜……

羅小美不像高琳娜一樣是風雲人物，但知名度一點都不低，尤其這裡都是高琳娜的同學，對她更是清楚。在華科大的校園裡，從沒人見過有哪個男生能和羅小美並肩而行，兩人還似乎很熟識的樣子。

何況穆方現在不光和羅小美很親近，身邊還跟著另一位女孩子，這份能耐……

這小子什麼來頭？

穆方被看得渾身不自在，轉頭對羅小美問道：「我臉上有東西嗎？他們怎麼都在看我？」

「沒什麼啊，只是頭髮上沾了點灰。」羅小美上前仔細看了看。

「灰是不是重點，關鍵是人醜。」韓青青哼了一聲，順手幫穆方撣了一下頭髮。

兩個女生都是無心之舉，然而教室裡的同學更加驚訝了，至少有一半人的下巴都掉到了桌上。

高手啊，雙飛！

「啊，是他?!」這時有人叫出聲來，正是穆方在旅遊巴士上搭訕的兩位女生之一。

那女生一說話，立刻被旁邊的人圍住了。

「玲燕，妳認識他？」另一個女生問。

被喚作玲燕的女生回道：「妳忘了？我們出去玩回來的時候，他和我們一起搭車啊。」

那女生恍然：「噢，好像有印象……」

又有一個男生湊過來：「李玲燕，妳快去問問。」

「問什麼啊？」

「廢話，當然是和魔女的事……」

在其他人的慫恿下，李玲燕走出座位，到了穆方身前。

「小弟弟，你還真的到我們學校來了呀？」李玲燕嘴上笑著，眼睛卻不斷瞥向羅小美：「不過現在考試成績應該還沒出來吧？」

高琳娜的同學全都認識羅小美，但根本沒人和她說過話。

「上次下車匆忙，還沒介紹，我叫穆方。」穆方嘴上客套，眼睛在教室內打量，感知是否有靈體存在。

「我叫李玲燕。」見他心不在焉的樣子，李玲燕奇怪地問道：「你來這裡做什麼？找人？」

「嗯。」穆方下意識地點頭，接著看向羅小美，顯然在徵詢她的意見。有羅小美這個通靈眼跟著，穆方沒必要浪費靈力開靈目。

羅小美輕輕搖頭：「不在。」

看了看羅小美，李玲燕更奇怪了，忍不住向穆方問道：「她們兩個，哪個是你女朋友？」

「嗯……呃，都不是。」穆方沒想到李玲燕會問這種問題，尷尬地笑了笑。而韓青青和羅小美，臉瞬間變得通紅。

教室裡吸氣聲此起彼落。

羅小美現在這麼嬌羞的樣子，這些人見都沒見過，很多男生心裡更是泛出一陣妒忌。

魔女轉性，那不就成仙女了？還有旁邊那個，雖然年紀小了些，但長得也很漂亮。看這小子，模樣頹廢，眼睛上還有疤，我們哪個比不上他啊。

一位臉皮略厚的男生馬上跑出來笑呵呵道：「幾位同學，你們找誰啊？我可以幫忙，學校裡沒有我不認識的。」

羅小美紅著臉不說話，羞答答地低著頭。

那男生見了，拍著胸脯大聲道：「說吧，別客氣。」

韓青青可不是羅小美，心中不爽，翻了翻白眼，故意道：「我們找高琳娜，你去找吧。」

穆方遲疑了下，沒有出言圓場。

說不定可以藉此找到高琳娜可能下手的目標，要不然那麼多同學，他們又沒分身術，根本顧不過來。

教室內瞬間寂靜無聲，穆方的眼睛迅速掃過眾人臉上。

大家的表情都差不多，先是十分難看，然後都顯得不太愉快。

「琳娜已經不在了，沒人告訴妳嗎？」李玲燕瞪著韓青青，也瞥了羅小美一眼。跑來搭訕的男生也轉身回去，沒再看羅小美和韓青青一眼。

羅小美有些慌張，不知所措地抓著衣角。

韓青青感到氣氛不對，沒再亂說話，而是悄悄地扯了下穆方的袖子。

穆方咳嗽一聲，客氣道：「抱歉，我們話沒說清楚，我們是來找高琳娜的朋友，想了解一些事。」

「我們都是琳娜的朋友，你想問什麼？」此時李玲燕已經完全把他當做找碴的了。

穆方沉吟片刻，試探地道：「你們是因為同學離世太過壓抑，才集體出遊散心的嗎？」

「同學離世，還出遊散心？」韓青青之前沒聽穆方說過這件事，頓時既吃驚又生氣。

當初李向秋出事，他們全班同學連過年都開心不起來，結果眼前這些人竟然集體出去玩？什麼意思啊？

如果不是覺得穆方的話中別有深意，韓青青現在多半就要開罵了。

「你是想說，同學剛去世，我們怎麼會有閒情逸致出去玩吧。」從穆方和韓青青的臉上，李玲燕看懂了一些東西，苦笑道：「因為那次出遊，我們這幾天可沒少被白眼，但你是第一個站出來打抱不平的人。」

穆方疑惑地看著她，覺得這裡面似有隱情，他與韓青青互看一眼，靜靜等待後文。

「我們沒向其他人解釋過，但這次破個例。」李玲燕看著羅小美，半開玩笑半認真地道：「連羅小美同學都出頭了，我要是再不說點什麼，就太冤枉了。」

原來，大家一起出去玩，是李玲燕男朋友提出來的建議。起因是高琳娜生前經常嚷著課業壓力太大，期末考結束後一定要找全班同學一起出去玩。

因為高琳娜的骨灰已被父母帶回老家，同學們便帶著高琳娜的照片和一些遺物，找旅行社辦了兩日遊，完成高琳娜的遺願。

李玲燕為了證明自己說的話，還特地翻出手機裡的照片。

裡面有很多他們這次外出的合影，每張都有高琳娜的照片。

其他同學陸續走來，將手機裡的照片拿給穆方和羅小美看。

看著那些照片，穆方只感覺鼻子發酸，韓青青流出眼淚，羅小美更是哭出聲來。

「對不起，是我們誤會了。」穆方深深地鞠了一躬。

雖然這次過來不是要質問什麼，但他先前在心裡還是將他們和李向秋的某些同學畫上了等號，穆方這一躬，是真心實意的道歉。

韓青青也抹著淚，連連道歉。

「沒關係，這證明你們也是琳娜的朋友。」李玲燕對穆方和韓青青笑了笑，轉身抓住羅小美的手：「其實我更要向小美道歉。琳娜經常提到妳，我們卻總是很排斥妳。」

「沒，沒有……」羅小美慌張地搖著手。

穆方四下看看，問道：「你們全班同學都在嗎？」

「應該沒有吧。」李玲燕回頭看了看：「琳娜的男朋友劉斌沒來，要不然一定介紹你們認識，他人挺不錯的。」

這時，一個男生接口道：「不錯什麼啊，本來我也要蹺課的，可是為了幫他喊到，害我沒跑成。」

穆方聞言一怔，隨即臉色微變。

差點忘了，大學管理不像高中那麼嚴謹，就算老師點了名，也會有其他人代替喊到。

「今天沒來，又有人代點名的還有誰？」穆方急忙問道。

李玲燕等人不太明白穆方怎麼突然這麼著急，但還是回道：「今天班上同學幾乎都來了，蹺課的好像只有劉斌吧。」

「他在哪？」穆方眼神閃動。

06

口罩男的交易

穆方在華科大校園裡狂奔，時不時停下找人詢問。

高琳娜的男友劉斌，在女友去世後一直非常消沉，朋友們怕他出事，派人輪流陪著他，今天剛好輪到一個別班的女生。他們是高中同學，彼此之間只有純友誼，但若是被怨氣纏身的高琳娜看到，一定會被誤會。

穆方穿過校園，氣喘吁吁地跑到最西側，這裡曾經有片花圃，但現在要蓋圖書館，花草都被移走了，到處亂糟糟的，幾乎沒什麼人來。

然而穆方遠遠地就感受到兩股龐大的靈力傳來，其中一股相當熟悉。

是雯雯！

穆方心頭一緊，加快步伐的同時開啟靈目。

靈目一開，穆方的感知更加敏銳，轉過一棟大樓，兩股摻雜著怨氣的靈力沖天而起，在半空中纏繞碰撞。

靈力的發源點分別是一靈一貓，貓是雯雯，靈是高琳娜。

高琳娜身軀微微顫抖，怒火中燒。

在她的對面，雯雯後背高高隆起，喉嚨呼嚕作響。

不過高琳娜並非盯著雯雯，而是雯雯身後的一男一女兩位大學生。

男生躲在一塊石頭上，兩眼無神地望著天空，女生站在一邊，憐惜地看著他。

「該死的貓，滾開！」高琳娜惡狠狠地瞪著雯雯。

雯雯不甘示弱，齜了齜牙：「如果妳再這樣凶巴巴的，我可要不客氣了哦。」

高琳娜胸口起伏不定，總想衝上去撕了那兩個狗男女，但雯雯的存在，卻讓她頗為忌憚。

「雯雯！」穆方連忙快步跑去。

雯雯見是穆方，靈力一收，乖巧地跳上他肩膀，討好道：「我很乖哦，沒有動手。」

「但妳也用了靈力，下次早點通知我。」穆方板起臉。

「哼，都不表揚我，不理你。」雯雯又跳了下去，背對著穆方趴到旁邊。

高琳娜咬牙切齒：「又是你！」

「對，是我。」穆方皺了下眉頭。

高琳娜：一月怨靈，女，窒息，卒年十九歲。通靈境後期。

穆方沉聲道：「通靈境後期的怨靈……能不能告訴我，妳是怎麼離開那座石塔的？」

「與你無關！」高琳娜嘶吼道：「你們都給我閃開，讓我殺了那對狗男女！」

穆方搖頭：「妳的神智被怨氣侵擾，無法做出冷靜的判斷。」

突然，穆方身後傳來一個疑惑的聲音。

「那個……這位同學……」

穆方回頭，是那個女生。

男生沒說話，但也狐疑地看著他。

這個人是怎麼回事？不是對貓說話就是對空氣說話，該不會腦子有問題吧？還有，那隻貓是什麼時候出現的？

穆方側頭看了兩人一眼，對那男生問道：「你是劉斌嗎？」

男生點了點頭，茫然道：「你是誰？」

趁穆方回頭的空檔，高琳娜突然撲上，穆方身子猛然倒飛而出，重重摔在地上。

劉斌和那女生嚇了一跳，雯雯馬上立起身子，戒備地瞪著高琳娜。

穆方從地上坐起，不由得對高琳娜笑道：「妳應該沒打過架吧？劉豔紅比妳厲害多了。」

高琳娜氣得臉色鐵青，身邊散發的怨氣更濃了。

看著穆方繼續對空氣說話，劉斌和那名女生只覺得寒毛直豎。一個大活人，當著他們的面飛了起來，這可不是隨便跳跳就能做到的。

穆方站起身，拍了拍屁股上的土，審視著高琳娜。

高琳娜是通靈境後期的靈力，但那些靈力好像不是她的一樣，感覺相當古怪。不過現在倒是個機會，她既然能看到劉斌和那個女生，也就能見到羅小美。

打倒高琳娜不難，如何困住她才是問題。穆方身上沒有能禁錮靈體的東西，但也不可能要她乖乖待著等羅小美來。

「算了，還是先把妳打倒再說。」穆方轉了轉手腕：「幸好小美不在，要不然看到我打她朋友，說不定會再摔我一次。」

高琳娜本來正要再往上撲，可聽到羅小美的名字後，身子頓了一下。

「你是小美找來的？」高琳娜眼神閃爍。

「差不多吧。」穆方緩步向前：「如果妳冷靜一點，說不定等等妳能見到她。」

高琳娜看了穆方兩眼，突然轉身就跑。

穆方剛想以滅道阻其去路，突然想到什麼，把手放下，起步急追。

雯雯也想跟上，穆方回頭道：「妳在這守著他們兩個，小心調虎離山。」

「人家是貓，才不是虎。」雯雯不太情願，但還是乖乖地坐了回去。

高琳娜奔跑的速度不慢，但尚未脫離人類的範疇，穆方完全跟得上，不過，他卻沒有絲毫輕鬆。

高琳娜是純粹的靈體，明明可以直接穿牆而過，擺脫穆方的追趕，可是她卻選擇往人類能走的地方跑。即便穿牆，旁邊也必定有能通過的小門或通道。

在高琳娜轉身逃跑時，穆方就注意到她似乎有意將自己引到某個地方。

那好吧，就讓我看看妳背後是誰！

穆方跟著高琳娜一路奔跑，跑進一座空曠的體育館中。

待跑到最中央，高琳娜停了下來，轉向穆方。

穆方也停下步伐，剛想說話，眉頭不禁一皺。

高琳娜兩眼茫然，不停環顧四周，好像瞬間失去了穆方的身影。

穆方下意識地低頭，只見地面上，不知何時多了許多詭異的紋線圖騰。

那些紋線圖騰不是由靈力縮聚，卻組成了一個能對靈體起作用的陣法。

「呵呵呵……又見面了。」

伴隨著一陣怪笑，一名穿風衣、戴口罩和墨鏡的男人緩步走出。

口罩男！

穆方幾乎沒有猶豫，雙足頓地，閃電般地躍出。可沒跑幾步，就感覺天旋地轉，待緩過神來，發現自己站在原地，根本沒動過。

「你能認出我的七煞煉靈陣，卻看不透這個陣法嗎？」口罩男遺憾地搖了搖頭：「我似乎太高估你了。」

「你究竟想做什麼？」穆方眼神閃動：「大費周章地把我引到這裡，應該不是為了和我聊天吧。」

穆方看似在和口罩男說話，但注意力還是在這個奇怪的陣法上。

「差不多吧。」口罩男慢悠悠道：「身為一個鄄差，你不覺得自己管的閒事有點多嗎？」

穆方一愣：「你知道我的身分？」

「很難猜嗎？能和靈體交流的人好像不多呢。」在穆方的注視下，口罩男緩步走到高琳娜身邊，繼續以波瀾不驚的語氣道：「我們碰在一起是個單純的巧合，我不想與你為敵。這次把你引過來，是想和你做個交易。」

「我在聽。」穆方把手背到身後，以拇指指甲劃破食指，擠出一滴鮮血。

雖然他不認識這個陣法，但可以肯定是幻陣無疑。靈目之下，一切虛幻皆為泡影，他現在看不透，無非是靈力低於對方，若是二段開眼……

穆方不信這個人會是聚靈境。

如果口罩男真是那個級別，完全不必大費周章布陣限制他。

「三界郵差不會無緣無故地和靈牽扯在一起。」口罩男拍了拍高琳娜的肩膀：「如果我所料不差，這個女人應該就是你的送信對象。」

「不錯。」穆方點頭。

「你有你的任務，我有我的目的。」口罩男看著穆方，墨鏡後的眼睛似乎閃著光：

「我允許你在這裡把信送給她。作為交換，你不要再干涉我的事，也別問我要做什麼，最好直接離開這個城市。當然，如果你需要其他報答，我也可以盡量給你。」

「聽起來很合理。」穆方似乎認真思考了一會，轉而道：「不過我還是有些好奇的地方，如果解不開這些問題，我恐怕沒辦法安心離開。」

「你是想問為什麼感覺不到我的靈力？」口罩男早有預料：「如果是這件事，我可以告訴你。」

「謝謝。」穆方一臉笑意。

「我是一名陣師。」口罩男道：「這個解釋，你滿意嗎？」

我滿意個鬼，誰知道陣師是什麼玩意！

穆方在心裡暗罵。

不過看口罩男這模樣，陣師應該是個很特殊的稱謂，回去問問師父或老鳥，他們應該知道。

見穆方不說話，口罩男又道：「如果你沒什麼意見，我現在就可以解開一部分禁制，讓你和高琳娜碰面。」

「好吧，現在只剩最後兩個問題了。」

「說！」口罩男有些不耐煩。

「第一，三界郵差的任務沒你想的那麼單純，很多時候就算見到客戶，信件也無法送達。第二……」穆方抬頭，右手食指徐徐劃過眼睛，一滴鮮血被右眼吸入：「你的交易，我不想接受。」

「那太遺憾了。」口罩男微微嘆息。

穆方右眼紅芒乍現，瞳孔瞬間變成細縫。

二段開眼，凶眸現！

凶眸之下，眼前的影像瞬間一清。

左眼中，口罩男正緩步離開，可是右眼的凶眸下，口罩男根本沒動。

穆方立刻衝上前，一把掐住口罩男的脖子，將其按倒在地。

「別說話也別亂動，我這個狀態下脾氣不太好。」穆方面若寒霜，另外一隻手去扯口罩。

口罩男很順從，一動不動，但不知道為什麼，穆方只感覺這個人在笑。

隨著口罩緩緩扯下，穆方心中警兆頓生。

危險！

幾乎是本能，穆方猛地向後疾退。

轟隆巨響，一陣氣浪翻騰，穆方被掀飛出去，勉強在空中調整身形，砰的一聲雙腳落地。

「封！」

隨著口罩男的一聲斷喝，穆方身前突然出現一張光幕大網，直直罩了上來。

穆方身子一沉，半跪在地。

「哈哈哈哈哈哈哈！」

口罩男縱聲狂笑：「聽聞三界郵差貫通古今，無所不知，今日才知盛名難副。我已表明陣師身分，你還如此大意。」

在陣陣狂笑聲中，穆方的身體劇烈地抖動，右眼傳來的刺痛感幾乎遮罩了五感，只能依稀聽到口罩男的聲音。

「你，你做了什麼……」穆方想掙扎，可沉重的束縛感壓在身上，他必須單手撐住地面，才勉強不會摔倒。

「你的右眼應該是一隻靈目吧，而且品級很高。」口罩男嘖嘖道：「但不管它的前任主人有多厲害，終歸不是你自身之物，只需要一點小手段，就能干擾你和靈目之間的聯繫。」

口罩男把視線轉向垂手站在一旁的高琳娜，雙手搓動，一把氣流凝聚的匕首出現在兩掌間。

口罩男倒握匕首，遞給高琳娜。

高琳娜接過，緩步走到穆方身前，將匕首頂上他的後頸。

「殺了三界郵差應該會有不少麻煩，但你給我的麻煩好像更多。」口罩男言語中透著嘲諷：「如果不是你在巴士上橫生枝節，我早讓這個女人湊齊七七四十九殺生之數。可是現在只能由你開始，一個個來了。」

穆方訝異不已，艱難地抬起頭。

「你想召來靈界鐵捕？」

口罩男大笑：「當然不是。想知道為什麼，等你死後自己去找人問吧。」

「高琳娜……」穆方剛想說話，就感覺喉嚨一緊，再也無法發出聲音。

「呵呵呵，三界郵差能與靈體溝通，真是方便的能力。」口罩男輕笑道：「這個女人雖然蠢了點，但讓你和她說太多，好像也不太好呢。」

就在這個時候，體育館門口突然傳來一陣急促的敲門聲。

「穆方，穆方，穆方你在嗎？」

高琳娜聽不到敲打喊叫聲，但口罩男聽到了，回頭查看。

「小美姐，閃開些！」隨著一個清脆的聲音，鎖住的門被人撞開，兩條纖細的身影闖了進來。

韓青青和羅小美。

「穆方？琳娜？」看到眼前的情況，羅小美大驚失色：「琳娜，妳做什麼，快把刀放下。」

高琳娜無法看見韓青青，卻見到了羅小美，下意識地把匕首藏到背後。「小，小美……」

韓青青看不見高琳娜，但看到躺在地上掙扎的穆方，以及口罩男。

「穆方！」韓青青焦急地大喊。

「妳們是怎麼進來的？」口罩男狐疑。

口罩男在周圍布置了對付通靈者的陣法，擁有靈力的人根本無法進入體育館的範圍。對於普通人，他卻沒花太多心思，只是鎖上門，設了簡單的幻陣。

他知道羅小美有通靈眼，可是通靈眼僅限於見靈，沒有看破幻陣的能力才對。

「琳娜，妳做什麼！」羅小美快步跑上前。

韓青青更是不由分說，衝向口罩男。

口罩男哼了一聲，隨手一帶，輕而易舉地將韓青青摔了出去。

高琳娜與韓青青沒有交集，無法看到實體，但她和羅小美牽絆頗多，看得清清楚楚，見羅小美跑來，頓時大驚失色。

「別，別過來，我會傷到妳！」高琳娜掙脫口罩男的手，急忙向後退。

羅小美跑到穆方身邊，望了高琳娜一眼。

韓青青好像沒有大礙，忍痛爬起：「快看看穆方，他怎麼樣？」

「穆方，你沒事吧？」羅小美將穆方扶起，關切地問道：「你受傷了嗎？在哪？」

「我沒事……」穆方強忍眼中劇痛，虛弱地問：「妳們怎麼來了？」

「是雯雯來找我，帶我們過來的……」羅小美不知該怎麼說清楚。

剛才她正和韓青青待在教室，雯雯突然從外面跑進來，咬住她褲管拚命往外扯。她力氣很大，卻沒有反抗的餘地，只能任雯雯拉著走。

羅小美知道雯雯不是普通的貓，一看雯雯著急的模樣，就猜到穆方可能出事了。

羅小美和韓青青到了體育館後，卻怎麼也跑不到門口，後來是雯雯幻化出奇怪的氣焰，在空氣中又抓又撓地破開禁制，才把她們帶進來。

韓青青掙扎著上前，和羅小美一起攙扶起穆方。

「小美……你們認識？是妳把他找來的？」高琳娜喃喃自語，眼神閃爍不定。

口罩男本來要改動陣法，不讓高琳娜看見羅小美，但高琳娜異樣的表現讓他不由得心頭一動，緩步退到旁邊。

「小美，連妳都背叛我嗎？是妳找這個男人來對付我嗎？」高琳娜一步步走近，身子劇烈地顫抖著。

羅小美扭過頭，頓時大驚失色：「琳娜！」

她擋在穆方身前，張開雙臂急呼：「琳娜，妳冷靜點，穆方是好人，他是來幫妳的！」

韓青青攙扶著穆方，隱約看到羅小美前面有個模糊的人影，她平常很怕這些怪力亂神的東西，然而此刻，她心中竟沒有半點畏懼。

「琳娜姐姐，如果妳真的在，請冷靜下來。妳的同學都還惦記著妳，他們出遊，是為了完成妳的遺願。」

高琳娜聽不到這些，甚至看不到韓青青，但就算看得見，她也根本不在乎。她現在唯一關切的，只有羅小美，然而此刻她最要好的朋友，正擋在她面前。

為了一個男人，羅小美把她……當做敵人！

「哈哈哈哈哈哈哈……一樣，你們都一樣！」高琳娜大笑起來：「我那麼照顧妳，那麼幫妳，我以為妳和他們不一樣，結果是我太天真了……我是傻瓜，有史以來最天真的傻瓜！」

大笑過後，高琳娜目光倏然一寒，身上怨氣隱隱加重。

「有趣的發展，我就再幫妳一下……」口罩男面部抽動，似有笑意。

隨著幾個印記結出，高琳娜身上多了一層青光，原本帶著幾分虛幻的靈體，漸漸有了實質。

啪！高琳娜向前邁了一步，鞋底竟和地面發出了脆響。

垂首許久的穆方身子一震，猛然推開韓青青。

「快，妳們快離開這裡！」穆方強撐著站起身。

「我可不能再讓你壞事。」

口罩男手指一勾，穆方好像被什麼東西拉住，身體凌空飛起，直接落在他面前。

「看戲之餘，我和你隨便玩玩。」口罩男活動了下手指：「免得你以為陣師都是吃素的。」

「我記得，我好像和你說過了……」穆方右眼的疼痛總算消弱許多，再度閃爍出紅芒：「我這個狀態下，脾氣很不好……」

穆方弓著身子，漸漸停止抖動，一個完全不同於靈力的詭異氣場，以他為中心散發出來。

方才還氣定神閒的口罩男頓時感到一股寒意，本能地向後退一大步，愕然地看向穆方。

這個氣息……這小子是怎麼回事？

07

盟友

二段開眼的狀態下，穆方的實力會大幅度提高，但在提高戰力的同時，意識也會受到影響。自從上次與雯雯的戰鬥後，他就一直想克服這個問題，後來在烏鴉的幫助下，找到了一個不算辦法的辦法。

二段開眼時，大幅度壓抑自身靈力。

打開靈目提升的靈力境界是固定的，不管如何壓制靈力，凶眸狀態下至少是通靈境後期，但只要靈力降低，靈目對意識的影響也相應減弱。

不過現在，穆方已經不能再保留了。

隨著靈力提升，神智變得有些模糊。

「愚蠢的螻蟻！」

隨著一聲冰冷的低喝，口罩男只感覺眼前一花，胸口便受了重重一擊，口罩瞬間被鮮血浸透。

口罩男的戰鬥經驗似乎非常豐富，挨了一記重拳後，不等發暈的腦袋恢復清醒，雙手就迅速地開始結印。

以口罩男的胸口為中心，出現一個圓形光暈。

穆方正好二度襲來，一拳打在光暈上，一片耀眼的光華散開，口罩男和光暈同時消失不見。

穆方直起身子，冷眼掃視四周。

口罩男的聲音飄忽不定地響起：「我還是小看你了。不過，也僅此而已。」

唰！口罩男的身影突然出現在穆方左側，平平淡淡的一掌打來。

穆方右手緊握，反手一拳打回。

嘩啦一聲脆響，口罩男的身形像是玻璃一樣碎成數片。

「哈哈哈……陣師以身成陣，你僅憑肉身如何能勝過我？」

伴隨著陣陣怪笑，口罩男又從穆方身後出現。

穆方察覺到動向，不等口罩男出招，就是一記轉身旋踢。但和剛才一樣，在玻璃的碎響聲中，口罩男再度消失不見。

瞥了一眼正在和高琳娜對峙的羅小美，穆方手腕翻動，靈力環繞。

「既然你這麼愛玩，那我就陪你玩個痛快！」

滅道之一，沖！

穆方手掌一揚，光束氣浪從掌心噴吐而出，隨意地打向前方。

空氣中蕩起一片漣漪，沒等光束打倒，牆壁就消失不見了。

靜默片刻後，口罩男的狂笑聲響起：「小子，你的攻擊的確不錯，但你找不到我又能如何？」

「我的確不知陣師是怎麼回事，但對陣法還是有些了解。」穆方五指微曲，再度凝聚靈力：「不管如何玄妙的幻陣、殺陣、封陣，都有各自的承載上限，關鳥的籠子再怎麼精緻堅固，也關不住強大的獅子。」

轟轟轟——

穆方雙手齊發，一道又一道的衝擊光束接連出手，肆意擊發。

光束一道道地消失，空氣中的漣漪越來越多，片刻後，整個體育館都宛如大海一般，波瀾起伏。

高琳娜本來已經走近了羅小美，但似乎受到某種影響，痛苦地抱著腦袋蹲了下來。

羅小美大驚，連忙上前一步：「琳娜，妳怎麼了？」

她伸手想去攙扶，但手掌卻從高琳娜身上穿過，只能乾著急。

高琳娜不懂羅小美的話，但她能看懂好友眼中的焦急。

難道，我誤會小美了？

高琳娜似乎想說什麼，但穆方又是兩記滅道出手，在空氣中傳來兩聲爆響。

高琳娜身子一晃，又後退了幾步。

一開始口罩男還在怪笑，後來就沒聲音了，再開口時，頗有幾分氣急敗壞。

「竟然用這麼愚蠢的方式破陣，我倒要看你能有多少靈力可以揮霍！」

穆方手下沒有絲毫停頓，反而還加快了攻勢。

滅道乃地府殺伐之道，以通靈境中期發出的滅道，就足以超越通靈境後期的攻擊。現在穆方凶眸一開，通靈境後期的境界，發出的滅道威力直逼聚靈境強者，口罩男雖然手段超絕，但這麼被打下去也著實吃不消。

口罩男知道的東西不少，但這地府的殺伐之術，他還是第一次正面對上。抵擋一陣後，隨著陣法搖搖欲墜，終於打了退堂鼓。

這個臭小子，用的是什麼邪門功法？不光能量漸漸超出陣法負荷，那些攻擊竟然還攻破結界，直接影響到自己。

今天只是想順手教訓一下這個小郵差，沒打算動真格的，可沒想到這小子意外地難纏，要是再這麼下去，局面怕是會脫出掌控。

口罩男望了高琳娜一眼，暗自思量。

這小子不是傻瓜，應該已經明白了雙方的實力差距，今日不妨暫且退去，十幾年都等了，不差這點時間。

口罩男嘴中念念有詞，空氣中突然升起許多白色霧氣，將整個空間填滿。

穆方不為所動，繼續攻擊。

突然，所有霧氣猛然往某一點集中，好像被什麼東西吸進去一樣，口罩男和高琳娜的身影，同時消失不見。

穆方眉頭一皺，這次不是幻陣，而是氣息真的不見了，陣法也跟著消失。

穆方深吸一口氣，封閉靈目。

這次雖然意識還是受到侵擾，但幸好不算太嚴重，沒傷及韓青青和羅小美。

「穆方！」

「你沒事吧？」

韓青和羅小美快步跑到近前。

「我沒事，最近這幾天妳千萬不要離開我身邊。」穆方強撐著身體，對羅小美道：「可能的話，最好向學校請個假。」

「好。」羅小美雖然單純，但還是懂得看情勢，尤其在這個時候，穆方是唯一能讓她感到安心的人。

接著，穆方轉向韓青青，以不容置疑的口氣道：「妳馬上離開這個城市，回黑水，越快越好。」

「不要！」這時，韓青青已經對穆方之前說的話信了九成，怎可能就此離去。

穆方跺腳：「現在不是任性的時候，我不想看到妳出事！」

韓青青只感覺胸口像被什麼東西擊中了，聲音柔和了些：「好吧，既然我幫不了你，我去找我爸，他……」

「不行！」穆方連連搖頭：「這件事，不能讓普通人牽扯進來。」

一行人走到門口，穆方看到虛弱地趴在地上的雯雯。為了破外面的幻陣，雯雯剛才耗費太多力量，現在連說話的力氣都沒有。

穆方連忙跑過去，將她抱起。

韓青青跟著過來，急問道：「剛才那人好像很厲害，你真的不找人幫忙嗎？」

穆方撫摸著雯雯的後背，眼神變幻不定。

韓青青說到了重點。

今天要是沒雯雯破開陣法，沒有韓青青和羅小美干擾，自己說不定已經死在這了。

可是，雯雯現在這麼虛弱，她的力量也不能妄動。韓青青和羅小美，不可能次次都有今天的運氣，如果再與口罩男對上，凶多吉少！

「我打個電話。」

二段開眼、滅道，這是穆方能發揮的最大戰力。可是這次交手下來，竟然連口罩男一根毛都沒留下，更可怕的是，對方竟然能干擾靈目！

必須要馬上搞清楚，所謂的陣師到底是什麼。

穆方打電話給烏鴉，然而打了好幾遍，電話都無人接聽。現在沒時間耽誤了，他想了想，最後撥了陳清雅的電話。

穆方只是抱著試一試的想法，畢竟她連三界郵差都不知道，也未必會知道陣師。

然而電話接通後，陳清雅給了穆方一個驚喜。

「陣師？你怎麼會知道這個？」

「那不重要，妳快告訴我陣師的相關資訊，很急！」

「我可以告訴你，但你必須向我坦白到底發生了什麼事。」陳清雅語氣不容置疑：「我警告你，要是再有半句廢話，我就把你的號碼設成拒接。」

安洪市一別，穆方一次都沒和她聯繫過，但近兩天卻連續打來，先是問司馬烈，現在又問陣師，如果她還糊里糊塗地不曉得有古怪，未免也太蠢了。

「呃……」穆方想了下，無奈道：「好，老實說我和一位自稱是陣師的人交了手，所以想了解一下。」

「和陣師交手？」陳清雅大驚：「你不要命了！」

穆方道：「友好切磋而已，陣師很厲害嗎？」

「何止是厲害……」陳清雅沉默了一會，才告知了陣師的相關情報。

通靈師、除靈師都有能力布置陣法，但是不管靈力多強，布陣都需要環境和媒介。而陣師不同，他們不需要媒介，各種陣法信手拈來，因為陣師的媒介就是自己。

陣師本身，就是一個封陣。

他們全身都是陣法，舉手投足都可帶陣法之威。

但事無完美，陣師得到強大力量的代價，就是對身體的透支破壞。

陣法需要能量運轉，能量消失則陣破，陣師的能量，即是自己的壽命。使用一次陣法，陣師的壽命便減去一分，若是調集全部力量，他們將會在幾分鐘內魂飛魄散，化為灰燼。

雖然弊端顯而易見，但依然有許多人為了力量而以身建陣，成為陣師。

陳清雅嘆道：「每一位陣師，都是有著大毅力的能者，更非易與之輩，如果沒必要，沒人願意和陣師發生衝突。」

穆方沉思片刻，問道：「既然有損壽命，為了彌補缺陷，陣師們應該會尋找續命之法吧？」

「當然。」陳清雅回道：「只是續命等同逆天，哪有那麼容易，即便有法門，也多是禁忌之術。」

穆方心頭一動，故作隨意地追問道：「例如九靈篡命圖？」

「那是什麼？」陳清雅有些糊塗：「我只聽過七星續命等古老祕術，什麼篡命的，根本沒聽過。」

「總之謝謝妳，晚點再聯絡。」穆方心裡隱約有了猜測。

「等等。」陳清雅連忙道：「陣師一事非同小可，你自己處理不來。你在什麼地方？我去找你，面談。」

穆方咳嗽了下，打著哈哈道：「我現在在很遠的地方，等妳來了，我怕……」

「放屁！」陳清雅氣得罵了句髒話：「司馬山明都告訴我了，你就在石坪，別以為我不知道！」

「呃，那個……」穆方尷尬道：「我先處理事情，晚點再聊啊。」

隨後不由分說，直接掛了電話。

對付那個口罩男，穆方的確需要幫手，但他還沒想好要不要讓陳清雅參與。司馬烈還沒擺脫嫌疑，讓和司馬家走得很近的陳清雅加入，可能會帶來不妙的結果。

手機鈴聲不停地響著，看著螢幕上閃爍的陳清雅三個字，穆方皺著眉頭，猶豫不定。

穆方思索如何對付口罩男，卻不知道口罩男此時此刻也在煩惱。

在昏暗的房內，口罩男氣惱地看著呆立在一旁的高琳娜。

想培養一個符合要求的惡靈並不容易，花了那麼多年，失敗無數次，他才勉強湊到八個。這第九個，也是花了極大心血。

本來他的目標是羅小美。

通靈眼、被人排斥，簡直就是天生的怨氣之人。為了讓羅小美成為最後一個惡靈，他花了不知道多少心思。

可是讓他鬱悶的是，羅小美對人根本就生不出惡念，無從下手。正要放棄時，他發現了羅小美的朋友高琳娜。

高琳娜生辰體質相符，性格上面也有漏洞可鑽，他乾脆中途改變目標，而事實證明，這個策略非常正確。

一連串謀劃後，眼看就要大功告成，卻冒出三界郵差，在巴士害自己失去了一個好機會，現在又帶來了更大的麻煩。

高琳娜的最大執念改變了。

這種情況發生的機率極低，偏偏還是發生了。

在他的謀劃下，高琳娜的執念一直是同班同學，然而從體育館回來後，他發現高琳娜的目標轉為羅小美，而且她對的羅小美的恨非常複雜。心痛、傷心、難過……各種負面情緒，唯獨沒有殺死羅小美的想法，更甚者，還有同情和愛護。

這種情感不僅讓口罩男想不通，更是讓他惱火。

高琳娜對羅小美的情感超過了其他人，這意味著如果她不先殺掉羅小美，她便無法碰觸其他同學的身體，也就無法殺掉任何人。如此一來，他在高琳娜身上的謀劃，就全泡湯了。

「真是可惡，都怪那該死的三界郵差！」

口罩男憤努地踢碎一張椅子，拳頭握得咯咯響。

該死的三界郵差，簡直是特地來找他麻煩的。黑水和安洪市的靈，雖然都是計畫失敗的產物，但偏偏被他遇上，查到線索追了上來。這次本想趁機警告一下，沒想到陰錯陽差，又給自己找了個大麻煩。

口罩男的墨鏡後面，閃過一抹冷冽的寒芒。

誰要是干擾我的計畫，別說一個小小的三界郵差，就算是地府的閻羅冥王，我也不會放過！

「先別罵人，聽我說。」穆方最終還是接了陳清雅的電話。

「這件事可以讓妳參一腳，但我有兩個條件。」穆方瞄了不遠處的羅小美一眼：「第一，這件事妳不能告訴任何人，包括妳父親。」

其實穆方想防備的人是司馬山明，但自己對陳清雅了解也不多，說得太明白，怕打草驚蛇。

「沒問題。」陳清雅沒有猶豫，一口答應。

若是讓陳天明知道，肯定會阻止她，所以就算穆方不提，她也不會和別人說。

「第二，對妳可能有些難。」穆方遲疑了一會後說道：「妳可以和我一起對付陣師，但是，不許向任何靈體出手。」

陳清雅果然不滿地質問道：「如果是害人的惡靈呢？」

「惡靈也不行，靈體只能由我處理。」穆方的回答簡單明瞭：「如果妳做不到，這件事就當我沒說過。」

陳清雅想了想，模稜兩可道：「好吧，只要那個靈沒害人。」

就這樣，穆方有了第一個真正意義上的盟友。

除靈師，陳清雅。

只是此時的穆方並未意識到，這位新添加的盟友，會給韓青青帶來怎樣的衝擊。

為了避開司馬山明，也防止給別人添麻煩，穆方沒有再回古玩街，而是租了一間臨時住所，並在這裡與陳清雅見面。

「介紹一下，這是韓青青，這是羅小美。」

在穆方的介紹下，陳清雅和韓青青、羅小美依次握了手。不過，心裡的疑惑仍沒有減少。

「你沒說還有其他人，而且她們兩個，身上好像一點靈力都沒有。」陳清雅眉頭緊皺：「別說對付陣師，就算是對付惡靈，她們都活不下來吧。」

羅小美深深低下了頭，韓青青臉上閃過一陣不悅，但沒有吭聲。

穆方忙道：「小美有通靈眼，能看到靈體，而且她好朋友的靈體就在那個陣師手上。」

「通靈眼？那太有用了。」陳清雅好奇地看了羅小美幾眼，又將目光轉向韓青青：「那她呢？有什麼本事？」

「她嘛……」這下穆方答不出來了。

韓青青不快道：「我是學校女子長跑冠軍、年級前十名、鋼琴六級、古箏四級、全市青少年書法大賽第一……還有，我被惡靈上過身！」

韓青青說了一堆，說得穆方尷尬地猛咳嗽，陳清雅也頗為無語。

她頭銜很多很厲害沒錯，但問題是，全和除靈無關啊，更別說什麼被惡靈上身，這也能算資歷嗎？

陳清雅第一次見到韓青青，但說不出為什麼，就是覺得和她合不來。

「韓青青同學，是吧？」陳清雅開口道：「妳是個好學生，但我們要做的事，妳並不適合參與。為了妳的安全著想，還是早點回家比較好。」

「我不適合？我參與的時候妳還不知道在哪呢！」韓青青早就知道陳清雅，心裡一直憋著一股火氣，這下全爆發了出來：「我聽說了，妳是除靈師對吧，有什麼了不起的，只要讓我練習，妳能做的事我一樣能做。」

陳清雅翻了個白眼：「天真的小女孩。」

「我哪裡小？至少比妳大。」韓青青示威地挺了下胸部。

「妳！」陳清雅氣得說不出話。

穆方腦袋上都是黑線，勸道：「我說妳們能不能聽我說幾句……」

「關你屁事。」

「女人講話你別插嘴。」

穆方被噎得直翻白眼。

妳們倒是有默契，那好，我不管了。

穆方抱起旁邊的雯雯，賭氣地轉身走開。

雯雯抓了抓穆方的衣服，小聲道：「大叔，她們好像在為你吃醋誒。」

雖然身體虛弱不能再亂跑，但雯雯精神恢復得不錯，眼睛骨碌碌地亂轉。

「醋妳個頭，乖乖休息別亂說！」穆方狠狠揉了揉雯雯的腦袋。

雯雯是妖靈，只能從天地靈氣中得到進補，也就是說，無論什麼靈丹妙藥，都無法讓雯雯恢復，只能自行休息療養。

穆方瞥了一眼還在較勁的韓青青和陳清雅，又將目光落到羅小美臉上。

羅小美獨自坐在小凳子上，看起來滿懷心事。

「那個，小美姐……」斟酌了下詞句，穆方問道：「從今天的情形看，高琳娜對妳有很大的誤會。」

「對我的誤會不重要，重要的是她誤會了別人。」羅小美咬著嘴唇：「我不希望她去傷害別人，琳娜是很溫柔的人。」

穆方嘆了口氣：「要是妳能寫信就好了，朋友的信念什麼的，要讓她理解也太難了。」

如果任務完成，天道會暫時溝通三界，高琳娜和羅小美也能獲得一定時間的交談機會，那樣一來，說不定可以解除雙方的誤會。只是穆方很清楚，就算沒有口罩男搗亂，這任務也沒那麼容易完成。

積累了幾次經驗後，穆方發現最好送的，就是明明白白寫一封信，然後幫對方送過去。最難送的，就是思念啊、歉意啊，這類天道直接下達，非具象化的東西。如果對方理解不了，就算讓寄信人和收信人見面，任務也無法完成。

現在的情況，顯然就是最難的那種。

聽著穆方的抱怨，羅小美很忐忑。因為連她自己，也說不出她到底想送什麼信。

「我不太懂你的任務是怎麼回事，但說到信，以前我倒是有寫給琳娜。」羅小美努力在腦子裡搜索相關資訊，想要盡可能地幫忙穆方。

「寫信？」穆方奇怪道：「高琳娜死後嗎？」

「嗯。」羅小美點頭：「不過，我都是燒給她的。」

「噢。」穆方順口道：「那的確收不到。」

通過祭拜的方式，可以讓逝者收到人間的物品，但是文字並不包括在內。即便高琳娜能拿到羅小美的信，也只是一張張白紙……

等等，祭拜?!

看著羅小美的眼睛，穆方愣了一會，突然一拍大腿：「有辦法了！」

不光羅小美，就連還在旁邊鬥嘴的韓青青和陳清雅都被嚇了一跳。

「你鬼吼鬼叫什麼。」韓青青喝斥了一聲。

「我有辦法找高琳娜了！」穆方連忙對羅小美道：「妳再寫封信，燒給高琳娜，寫什麼都行！高琳娜未入靈界，若是燒東西給她，會自行尋去，只要跟著信，我們就能找到她。」

聽了穆方的方案，陳清雅不屑地道：「信件被焚燬，就算不入靈界，也會遁入靈道，你又不是死人，怎麼跟？」

「別人不行，但我不一樣。」穆方得意地微笑：「我可是三界郵差。」

羅小美擁有通靈眼，從某種角度說，也擁有和三界郵差近似的能力。她燒祭的信件，會帶有特殊的靈力波動，靈目一開，只要信件不進入靈界，便逃不出穆方的追蹤。

不過，他從沒這麼做過，還是決定先試一試。

在陳清雅狐疑的注視下，羅小美寫了一封信，在高琳娜的牌位前上了三炷香，然後一把火燒掉。

與此同時，穆方掐動手印，開了靈目。

右眼紅芒一閃，穆方便看到正在火盆上方的一團幽光。

隨著升起的火苗和縷縷青煙，火盆中的信件焚燒殆盡，但是隨著飛起的灰燼，光團中又凝聚出一封新的信件。

當然，除了穆方這個三界郵差，即便是羅小美的通靈眼，也無法見到這種祭拜焚燒之物。

幽光突然一閃，信件迅速飄出窗外，留下一道淡淡的綠色光跡。

「都別離開，等我回來。」穆方丟下一句，閃身而出。

風過留痕，雁過留聲，靈物亦有跡可循。

以穆方現在的修為，尚無法做到太多，但剛剛焚燒轉化的靈物，陽氣尚未散盡，會留下軌跡一樣的光痕十幾秒鐘，足夠讓他追蹤了。

穆方出門時已是黃昏，中途又是搭車又是狂奔，最後跟著光痕到了一個讓他非常意外的地方。

公園石塔，曾經囚禁高琳娜靈體的地方。

遠遠地望著光痕沒入石塔，穆方眉頭緊皺。

難道口罩男又把高琳娜帶回來了？

穆方這次只想試試能不能確認高琳娜的所在，沒打算和口罩男正面交手，不過他還是先封閉靈目，小心翼翼地進入石塔。

到了頂層，石塔依然空空如也，根本沒有人來過的跡象。

沒有人，可是信呢？

穆方四下找尋，終於在一根柱子上發現了端倪。

那是一根殘破的石柱，有很多裂痕，從一道縫隙內依稀可見一縷微弱的幽光。

穆方走過去檢查，嘗試扳開縫隙，縫隙絲毫沒有鬆動，但他卻感覺到靈力震盪了一下。

有陣法封印？

略一思索，穆方後退兩步，抬起右手。

「滅道之一，沖！」

轟的一聲，一道白芒擊中石柱邊緣，轟出臉盤大小的缺口。

隨後，穆方再度上前，取下幾塊散落的碎石，露出一個隱藏的暗格。

那封信懸浮在暗格正中，下方是個玄妙的小型陣圖。雖然石柱上的陣法被穆方破壞，但那個陣圖還在運轉，正發著綠綠的光。

「這是什麼？」穆方十分疑惑。這個陣圖他雖然不會用，但覺得有些眼熟。

突然，砰的一聲，信件消失不見，陣圖的光芒也黯淡了下去。

穆方先是一怔，隨後暗罵一聲狡猾。

他終於想起來，師父老薛講過這個陣圖，是專門封印靈物的陣法，若是靈力太過弱小的靈物，則會被此陣毀去。

多半是口罩男知道通靈眼之事，為了防止高琳娜收到別人焚燒的祭品，影響他的計畫。至於為什麼書信會跑到這裡來，應是利用了別的機關。

「該死的口罩男，心思真是有夠細密的。」

穆方再發一記滅道，將陣法徹底毀去，接著打算回去讓羅小美再寫一封信，以便追尋高琳娜的所在。

他剛剛轉過身，就見一道人影從門口一閃而過。

雖然只是一瞬間，但穆方依然清楚地看到，那個人戴著一副口罩。

口罩男！

穆方的神經剎那間繃緊，猛地衝了過去，身形尚在空中，便將右手抬起。

先下手為強，後下手遭殃。面對口罩男這等強敵，既然撞上了，穆方又怎會留手避戰！

滅道之一，沖！

一道白芒疾射而出，猶如閃光的毒蛇，咬向口罩男。

口罩男猝不及防，狼狽地向後躲避。

轟隆一聲巨響，後面的牆壁被穆方轟出一個大洞，而那人戴的口罩，也被濺起的碎石打掉。

看到口罩後面露出的面孔，穆方瞳孔急縮。

司馬山明！

08

戰鬥傀儡

「竟然是你?!」穆方驚怒之下，抬手又是一記滅道。

司馬山明就地翻滾，直接從塔上栽了下去。

穆方雙足頓地，緊追而出。

司馬山明扳住塔表面的凸起，快速向下移動，見穆方探出頭來，他一臉焦急，似乎想張嘴說什麼。

穆方毫不遲疑，左手握住右手手腕，五指虛勾。

滅道之一，沖，連發！

轟轟轟——

穆方再度發威，司馬山明被打得連滾帶爬，狼狽不堪。

連發的打法極為消耗靈力，雖然現在穆方修為有進步，但這樣連擊，身體依然吃不消。

不過對方可是陣師，由不得穆方不拚命。

在穆方毫不留情的連續猛攻下，司馬山明終於躲不過追擊，轟轟兩聲巨響，連中兩招。

不過司馬山明似乎有護身符一類的靈器，先後爆出一紅一藍兩團霞光，身子飛出一百多公尺遠，徑直滾進公園樹林裡。

等穆方從塔上下來，追到樹林，司馬山明已不見蹤影。

雖有心追下去，但忽然升起的一陣眩暈感，讓穆方打消了念頭。

靈力消耗過多，繼續打的話，怕是凶多吉少。

穆方連忙閉了靈目，強撐著跑出公園，招了一輛計程車，返回租屋處。

匡噹一聲，穆方撞開房門，踉踉蹌蹌地進了房間，把正坐著聊天的韓青青等三人嚇了一跳。

「穆方？」韓青青一個箭步上前扶住他：「出什麼事了？」

陳清雅替他把脈，鬆了口氣：「沒事，是靈力消耗過度產生的肌肉無力。」

「噢。」韓青青聽不太懂，擔心地問：「到底要不要緊啊？還是送醫院吧……」

「去醫院也沒用，不懂就別亂說。」陳清雅沒時間解釋，囑咐道：「先把他扶到床上，再燒壺開水。」

韓青青眼睛一瞪，下意識想還嘴，可看到臉色發白的穆方，終究沒有出聲。

在陳清雅的指揮下，三個女孩子忙碌起來。

羅小美端來一碗水，陳清雅取出一個小瓶子，往水裡倒了一些黑色粉末，攪拌開後，餵穆方喝了下去。

片刻後，穆方幽幽醒來，一睜開眼，就看到三人一貓圍在身旁。

見穆方醒了，雯雯喵了一聲：「這麼多美女關心，受寵若驚吧。」

雯雯聲音不大不小，在別人聽來，像是穆方在呻吟似的。

「不要臉！」韓青青和陳清雅同時噓了一聲，默契地達成共識。羅小美也有些不好意思，躲到一邊。

穆方幽怨地看了雯雯一眼，頗為無奈。

這小傢伙，真會挑時候搗蛋。

穆方坐起身，覺得體內的靈力恢復了幾分，奇怪道：「妳們給我吃了什麼啊，靈力好像恢復不少。」

陳清雅接口道：「就是從你那裡買的靈棗，都被父親碾成了粉末，這樣用起來比較節約，效果也更好。」

「這麼寒酸啊，整個吃不就得了？」穆方鄙夷地撇了撇嘴，問道：「還有嗎？給我幾個，之後我再還妳。」

「你當誰都和你一樣敗家啊。」陳清雅氣得打他一巴掌：「再說你自己不是有嗎？幹嘛向我要。」

穆方很無奈：「我這次來石坪是做別的事，沒想到會和別人交手，什麼東西都沒帶。要是身上帶著黑棗，我肯定不會讓司馬山明跑掉。」

「司馬山明？」陳清雅臉色一變：「你怎麼和他交手了？」

穆方自覺說溜嘴了，沉默片刻，把公園的情況說了一遍，最後說道：「從一開始，我就不相信司馬山明，只是我沒想到他竟然就是陣師……」

其實穆方也不是很信任陳清雅，但話都說出口了，就乾脆不再瞞著，順便偷偷觀察她的表情。

陳清雅先是有些發愣，但隨著穆方的訴說，表情漸漸扭曲起來，好像在忍耐什麼。

這傢伙，該不會是口罩男的同黨，要和自己翻臉吧？

穆方心裡嘀咕，下意識曲起腿，抓住被子，做好應變準備。

「哈哈哈哈哈！」陳清雅突然不顧形象大笑起來。

「笑什麼笑，妳有毛病啊？」穆方無語。

「你才有毛病。」陳清雅笑得上氣不接下氣：「山明哥怎麼會是陣師，他連最基本的陣法都不會……不過我倒沒想到，他會被你逼得那麼狼狽……哈哈哈，下次見到，我一定要笑死他。」

在年輕一輩的除靈師中，司馬山明可說是其中的佼佼者，不過這位佼佼者，卻有一個極大的弱點，簡稱「陣盲」。

不管什麼道法符咒，司馬山明都能手到擒來，捉拿惡靈也毫不費力。只是一涉及陣法他就頭疼，哪怕是最基本的陣，他學起來也非常吃力。

當然，這並不是他不夠聰明，而是和他的靈力有關。不管怎樣的陣法，遇到司馬山明的靈力，都會變得不穩定。

穆方不相信陳清雅的話：「或許他是故意偽裝的呢？」

「肯定不是。」陳清雅自信地說道：「我來石坪這幾天，幾乎天天和他在一起，你們和陣師交手時我就在他身邊。」

穆方仔細想了想，或許真的是自己搞了個大烏龍。如果司馬山明是口罩男，交手時應該不至於那麼矬。

那可惡的傢伙，沒事去石塔幹嘛，害自己那麼緊張。

「他來石坪做什麼？」穆方鬱悶道。

「我不說是了嗎，他是陣盲，來石坪市向司馬烈爺爺求助的。」陳清雅道：「烈爺爺雖然失去了靈力，但他對陣法的造詣非常深，山明哥想請教烈爺爺有沒有辦法解決他的問題。」

穆方神色一肅：「司馬烈很擅長陣法？」

「嗯，當年他有陣法第一人的稱號呢。」陳清雅下意識回答完，恍然意識到什麼，古怪道：「你該不會懷疑陣師是烈爺爺吧？別忘了，他已經失去靈力了。」

「我什麼都沒說喔。」穆方不置可否，沉思片刻道：「現在先吃東西吧，然後好好睡一覺養足精神，明天多半有場惡戰。」

石塔的陣法被破壞了，只要讓羅小美再寫封信，一定可找到高琳娜所在。只是穆方剛剛靈力消耗得很厲害，又連續用了兩次靈目，並不適合馬上再和人交手。最起碼，也要等到明天。

羅小美下廚煮了些麵條，幾人圍坐在桌前一起吃。陳清雅吃得很少，吃完後就翻出自己的除靈道具，默默整理。

她之所以和穆方聯手，對陣師感興趣只是幌子，最主要的原因是對他的好奇。

三界郵差的事，她和很多人打聽過，也查了不少資料，都沒得到什麼線索，只在一本古籍上看到類似描述：「有靈能者自稱受雇於靈，傳遞眾靈之念，與除靈師偶有衝突。」

古籍上的描述，證明三界郵差的確存在，而且自古有之。陳清雅對穆方的好奇心越發強烈，所以司馬山明說在石坪見到穆方後，她第一時間就趕了過來。

陳清雅偷看穆方，心中暗自思量。

這一次，我定要看看你是怎麼「傳遞眾靈之念」！

陳清雅在打小算盤，看似悶頭吃飯的韓青青更是心不在焉。

韓青青自幼喪母，父親忙於工作，從小就很獨立，不管是學習還是課外活動，她沒有任何一項比別人差，雖然表面上很隨興，但其實自尊心非常強。

可現在，韓青青突然發現自己很沒用。

靈的世界和她太過遙遠，在之前，她一直認為那是迷信，可是連續的詭異經歷，讓她不得不讓相信那是真實存在的。

因為和穆方、羅小美很熟，所以她並未意識到自己和他們的區別，直到陳清雅出現，她才恍然發現問題所在。

穆方的工作就是和靈打交道，羅小美有通靈眼，陳清雅似乎也是業內人士，只有她，除了跟著東奔西跑，什麼忙都幫不上。

韓青青的心裡，產生了非常無力的挫敗感。

見陳清雅整理著一大堆亂七八糟的奇怪東西，韓青青心裡生出一種異樣情緒。

要是自己能幫上忙，穆方也不會叫這個女人過來了吧？

「穆方。」韓青青抬起頭，忍不住問道：「明天我能幫上什麼忙嗎？」

穆方正在專心吃麵，沒注意她的表情，順口回道：「妳又沒有靈力，能幫什麼啊，幫忙看家就行了。」

韓青青出奇地沒有發火，咬了咬嘴唇。

是啊，自己還能做什麼呢？

第二天晚上，穆方租了兩輛機車，讓羅小美燒了一封信給高琳娜，便和陳清雅一人分騎一輛車，追著信件出發了。雯雯雖然不能戰鬥，但對靈體的感知無出其右，所以也被穆方帶上。

韓青青望著穆方等人遠去的背影，眼神閃爍。

就算幫不上忙，也該做點什麼才是。

思索良久，她突然想到什麼，快步轉回房間，拿起了手機。

而穆方一行人跟著信件，一路駛向市區西面。石坪市正在進行都市更新，西面很多地方都在拆遷，越往西就越不好走。

穆方眼看著綠芒沒入一片拆遷區，失去了蹤影。

到處都是瓦礫，機車無法再往前通行，三人找了個地方停好車，走進一大片被拆掉的房屋瓦礫中。前方聳立著一棟六層高的民房，信件發出的綠芒剛好沒入屋頂。

穆方想了想，對羅小美道：「小美姐，妳在外面等我們，距離遠一點，除非我叫妳，否則無論發生什麼事都不要靠近。要是聽見裡面有交手聲，妳就馬上往回跑。」

如果可能，穆方想先救出高琳娜，能不與口罩男正面交手最好。

安頓好羅小美，穆方把雯雯放在肩上，與陳清雅小心翼翼地走到大樓底部。

陳清雅拿出羅盤，指標飛速旋轉，偵測樓裡的靈力。

「妳那個落伍了。」穆方指了指雯雯：「有她呢。」

妖靈的事要隱瞞，但讓雯雯冒充一隻能偵測靈力的靈獸不成問題。

雯雯閉眼趴在穆方肩頭，耳朵抖了抖，睜開眼，舉起爪子比了比。

穆方隨即對陳清雅道：「大樓裡只有一個靈力波動，應該是高琳娜。」

陳清雅恍然：「只有一隻怨靈?那就簡單了。」

「對方是陣師，能隱藏靈力，還是不能大意。」穆方向走道裡張望了下，又回頭道：「另外，怨靈也曾經是人，妳的量詞能不能不要用『隻』？」

陳清雅翻了個白眼，戴上防風鏡，率先走進。

「哎，讓我走前面啊，我有雷達。」穆方連忙跟上。

雯雯不爽地扯了一下穆方的耳朵，表達抗議。

什麼雷達，人家要不是靈力受損，完全可以當雷射炮好不好！

信件發出的綠芒已經消失，但在雯雯超強感知的協助下，兩人很快便到了四樓。

兩邊房間的房門都虛掩著，陳清雅指了指左邊。

穆方會意，將雯雯放在地上，示意離遠些，然後開啟靈目，輕輕將門推開。陳清雅收起羅盤，抽出一柄桃木短劍，左手捏了一張符咒。

穆方剛剛將房門推開，就看到站立在客廳中的高琳娜！

高琳娜筆直地站著，雙目緊閉，腳下是一個陣法，將她禁錮其中。

穆方探頭張望一圈，沒發現什麼問題。

雖然穆方不認識所有陣法，但若是有陣法存在，靈目至少會發現些許端倪。

陳清雅看了看高琳娜，對穆方道：「這隻……這個怨靈的怨氣很重，甚至比一般的惡靈還重。如果變異的話，會非常難纏。」

「我會搞定，妳先幫忙把風。」穆方快步走向高琳娜。

陳清雅無奈地搖頭，拿著桃木劍在四周巡視。

「高琳娜，妳能聽見我說話嗎？」走到近前，穆方嘗試著呼喚了幾聲。

高琳娜靜靜站在那裡，低著頭，雙目緊閉。

穆方想了想，從懷裡拿出一個小瓷瓶。

這是他向陳清雅借的，可拘禁靈體，雖然會對靈體有影響，但現在也顧不得那麼了。

穆方咬破手指，掐了個手印，將血點在瓶口上。

「拘！」

嗡的一聲，瓶口射出一團紅芒，將高琳娜罩了進去。

若是正常情況，高琳娜的靈體會化作幽光，被拘入瓷瓶內。

然而現在並非正常情況。

砰！

一聲爆響，紅芒瞬間被震散，瓷瓶也同時炸開，變成一堆粉末。

而高琳娜，緩緩地睜開了眼。

穆方只感覺寒毛乍起，迅速向後退開，恰好避過了高琳娜猶如尖刀一般的手掌。

縱使他躲得很快，衣服還是被劃破一道口子，皮膚被風颳得生疼。

「嘶——」

穆方倒吸一口涼氣。

陣師果然邪門，高琳娜明明只是怨靈，竟然可以傷人。

陳清雅在旁邊看見了，毫不猶豫，出手就是一張符咒。

轟的一聲，高琳娜身上爆起一團火苗，身形向後退了半步。

「誰叫妳出手了?!」穆方急道：「不是說了嗎，高琳娜交給我！」

陳清雅白了穆方一眼：「這時候你還護著她？小心死在這。」

好像為了證明陳清雅才是正確的，高琳娜再度展開攻勢，且迅猛異常，一記手刀直切穆方咽喉。穆方伸手格擋，她頓時手刀變爪，反手扣住，向外一扳，另一隻手曲起兩指，徑直摳向他眼珠。

穆方向後躲避，同時一把抓住她手腕。

高琳娜借力使力，凌空而起，朝著穆方胸口猛踢兩腳。

穆方架起雙臂抵擋，手臂外側登時傳來一陣麻痛，身子也向後退出五、六公尺遠。

高琳娜身形落地，喉嚨裡呼呼作響，瞪著一雙血紅的眼。

穆方抖了抖手臂，臉色陰沉。

「喂，還是不要幫忙嗎？」陳清雅樂於見到穆方吃癟，幸災樂禍地在一旁發問。

穆方沒吭聲，皺著眉頭看了看高琳娜，閉上了右眼。

右眼為靈目，一旦閉上，僅憑左眼無法看到靈體，可是現在，穆方的左眼竟然還能看到高琳娜的身體。

這個高琳娜，不是靈體！

「吼吼——」

高琳娜吼叫兩聲，再度朝穆方衝來。

陳清雅著急喊道：「喂，你再不還手會死的。」

看著高速逼近的高琳娜，穆方表情不變，右手五指曲起，抬至身前。

「滅道之一，沖！」

一道白芒疾射而出，砰的一聲，高琳娜的頭顱瞬間被轟掉一半，殘存的身體向前跑了幾步，栽倒在地。

「啊？」陳清雅吃驚地瞪大眼睛。

剛才還說不讓她動手，怎麼自己下手這麼狠？難道穆方這傢伙，一下子開竅了？

「她不是高琳娜。」穆方放下手，走到「高琳娜」的殘屍前面：「高琳娜是一名普通的女大學生，不可能有剛才那樣的身手，就算怨氣再重，也不會無師自通學會戰鬥技巧。而且，她的身體不是靈體！」

陳清雅愣了愣，拉下防風鏡，快步走到近前：「那這是誰？」

「應該是戰鬥傀儡。」穆方蹲下，捲起屍體的袖子，袖子下是一隻塑膠手臂，上面畫著許多圖騰。

戰鬥傀儡，以陣法封入靈力和怨氣製成的傀儡。烏鴉曾和穆方講過，但也表示製作這個並不容易，至少在近代，已經很多年沒見過了。

以陣師的本事，做出這樣的傀儡並不意外，不過等陳清雅把傀儡的衣服剝光，穆方頓時一臉囧相。

陳清雅扯下衣服，檢查上面的圖案，又看了看傀儡本身，嘟囔道：「這東西好像商場裡的塑膠假人，但又太軟了，呀，還漏氣了！」

「嗯，別管這個了。」穆方抬腳把傀儡踢開。

「哎，你幹嘛啊？」陳清雅連忙跑過去撿起傀儡：「這上面的陣圖很重要，可以拿回去研究。」

說著，陳清雅把氣擠乾淨，將它小心地捲起，放進背包。

穆方臉上一陣抽搐，最終還是按捺住要說的話。

陣圖的確有價值，但妳也不看那傀儡是什麼東西做的……

誰能想到，那個變態口罩男竟然用充氣娃娃做戰鬥傀儡！

穆方糾結地看著陳清雅將「充氣戰鬥傀儡」收好，又帶著雯雯檢查了大樓一圈，沒發現什麼問題，便一起下樓。

然而沒走多遠，穆方發現有些不對勁。

羅小美的電話打不通！

因為擔心遇到危險，穆方才把羅小美留在外面，但現在他才察覺到了問題所在。

如果大樓裡的高琳娜是傀儡，代表口罩男就在附近。

「糟了，調虎離山！」

穆方和陳清雅加快腳步，跑到羅小美藏身的那片廢墟，然而只見羅小美和高琳娜相對而立，口罩男則站在一旁。

「這麼快就解決了？」見到穆方和陳清雅，口罩男也有些驚訝。

他原以為戰鬥傀儡就算不能殺了穆方和陳清雅，也能讓他們掛點彩，可現在一看，竟然連一點傷都沒。

「你見過我的手段，轟掉它半個腦袋而已，能有多困難？」穆方將雯雯放到地上，故作輕鬆地聳了聳肩。

口罩男怪笑一聲：「你不是三界郵差嗎，見到自己的客戶也不留手？」

「如果傀儡的身手不要太誇張，我說不定真的會被騙。」穆方隨意地往前走幾步，嘆道：「不過你竟然用那種玩意做傀儡，真是有夠惡趣味的。」

「隨手在路邊撿的，你別想太多。」口罩男也調侃了兩句，看了穆方的腳一眼：「另外，好心提醒你，再往前走可是會有危險的。」

就算口罩男不說，穆方也很清楚。口罩男、羅小美、高琳娜三人正在一個大陣中，如果他再向前走，必然會觸動陣法。

這陣法並非單一，而是幾個大陣組合而成，牽一髮而動全身，穆方心中焦急，卻也不敢妄動。

陳清雅不信邪，拿出一道符咒，化作一團火焰，試探性地丟了出去。

呼的一聲，地面升起一道風柱，火焰繞了一圈，又向陳清雅飛了回來。

陳清雅出手又是一道符咒，凌空一聲炸響，兩團火焰同時炸開。

穆方遲疑了下，右手曲起，準備使用滅道。

「你最好別用那個。」口罩男幽幽道：「你那一招的確很厲害，但若是強行破除陣法，必然會使得靈力失衡，發生爆炸。我是不會有事，可你的朋友……」

「媽的！」穆方暗罵一聲，將手放了下來。

口罩男嗤笑了一聲，轉頭看向高琳娜和羅小美。他並不擔心穆方和陳清雅，反而比較在意這一人一靈。

高琳娜的執念發生些許變化，只能讓她先殺掉羅小美，然後才能對其他人下手。為了進展順利，他不光設計了穆方等人，還特地讓高琳娜吸收了更多怨氣。可是在見到羅小美後，她還是遲遲不動手。

「高琳娜！」口罩男走了過去：「妳不是一直想報仇嗎？妳的仇人就在眼前，還不動手！」

即便口罩男是陣師，也無法讓高琳娜聽懂他的話。不過，他可以藉此干擾羅小美，只要羅小美露出恐懼的表情，高琳娜心神必然受到影響。

讓口罩男失望的是，羅小美毫不畏懼，只有無盡的哀傷和悲切。

「琳娜，妳不該在這的，妳怎麼能相信那種壞人？妳的同學、朋友，他們都沒有忘記妳。妳知道嗎，他們出去旅遊，是為了完成妳的遺願，他們還帶著妳的照片，有跟妳的合影。不信的話，我帶妳去看……」羅小美雙眼含淚，向高琳娜伸出手。

高琳娜聽不懂羅小美的話，但她看懂了羅小美眼裡的情緒。

「小美……」高琳娜兩眼帶著迷茫，也緩緩抬起手。

口罩男大怒，雙手快速結印，屈指一點，高琳娜腳下立刻升起怨氣。那些怨氣盤旋環繞，瘋狂注入高琳娜的身體中。

口罩男並不想讓高琳娜變成毫無理智的惡靈，那樣會影響他的計畫，所以一直以來，他從不使用激烈手段。可是現在，高琳娜的反應深深激怒了他。

隨著怨氣注入，高琳娜放聲慘叫，抱著頭蹲了下去，神情痛苦異常。

「琳娜！」羅小美驚叫著抱住了高琳娜。

縱使她有通靈眼，正常情況下也無法和靈體接觸，但口罩男為了讓高琳娜能傷人，在陣法上做了手腳，羅小美觸手之處，盡是一片刺骨的冰冷。

穆方見了大急，連連叫道：「小美，快放開！高琳娜現在怨氣纏身，妳貿然接觸會被凍僵的！」

羅小美現在只擔心高琳娜的情況，根本不理會穆方，用力抱著高琳娜焦急地呼喚。隨著怨氣聚集，羅小美的頭髮和衣服上多了許多冰霜，臉色變得青紫，身子不住發抖。

口罩男見了，頓時喜笑顏開。

這樣也不錯，直接被怨氣凍死的話，這筆帳自然會被算在高琳娜頭上。

口罩男刻意控制了下，減慢了怨氣注入高琳娜身體的速度，但離而不散，仍聚集在她身體周圍。

高琳娜稍微清醒了點，抬起頭，就看到羅小美那張青紫的臉，同時聽到了穆方的呼喚。

三界郵差，溝通陰陽，穆方的話，高琳娜能聽得懂。

「小美，快放開我，妳會凍死的。」高琳娜想將羅小美退開。

口罩男冷哼一聲，手印一翻，高琳娜就像被什麼捆住一樣，無法動彈。

高琳娜痛苦地掙扎著，羅小美的臉色也越來越差，但依然沒鬆手。

穆方急了，再度舉起右手，掌心靈力環繞。

口罩男漠然道：「那名女孩要麼被凍死，要麼被你破陣引起的餘波炸死，你自己選吧。」

「你！」穆方憤怒到極點，手中聚集的靈力又壯大了許多。

但是，終歸沒有打出去。

「我可以和你做個交易。」穆方咬了咬牙，將靈力散去：「我知道你驅使惡靈殺人，是為九靈篡命圖。如果放了羅小美和高琳娜，我可以答應你，用其他方法幫你續命。」

穆方之所以這麼說，一方面是為了救人，另一方面是想套口罩男的話。九靈篡命圖的能力就是逆天改命，如果口罩男只是想延命，完全可以用別的方法代替。

俗人

陳清雅眨了眨眼，奇怪地問道：「九靈篡命圖是什麼？」只是這時，穆方和口罩男的注意力都在彼此身上，壓根沒人理會她。陳清雅自討沒趣，翻了個白眼。

「什麼方法？」口罩男盯著穆方，一副饒有興趣的樣子。

此時，羅小美全身已被冰霜覆蓋，卻依然露出微笑：「琳娜，妳、妳不會有事的……以前妳幫、幫我那麼多……現在，現在該我……」

羅小美的眼皮越來越沉，似乎隨時會閉上，可是她抱著高琳娜的手，依然沒有半點鬆開的跡象。

穆方越發焦急，對口罩男道：「我是三界郵差，行走陰陽三界，只要你想，我就有辦法！」

這話純粹是胡謅，穆方只負責送信，別說陰陽三界，光人間界他都做不了什麼。

口罩男笑了兩聲：「或許有其他辦法吧，但我現在距離成功只剩一段路，又何苦換種方式從頭再來？」

「因為你的命！」穆方眼中殺氣凜然：「如果她們兩個有什麼事，不管你成功與否，我都保證你不會活太久！」

口罩男靜靜地看著穆方，沉默了一會，突然笑了起來。開始只是輕輕嗤笑，後來越發誇張，哈哈大笑不停。

「你不相信我的話？」穆方瞇起眼睛。

「小子，你對陣師了解太少，對九靈篡命圖了解得更少。」口罩男止住笑：「不怕告訴你，九靈篡命圖我只差最後一環，別說你一個小小的三界郵差，就算靈界鐵捕也不敢說能拿走我的命。這些唬人的話，你還是說給別人聽吧。」

穆方咬著牙，剛想開口，就突然感應到了什麼，目光往口罩男身後一瞥，接著咧嘴笑了，語氣也輕鬆起來。

「的確，我對陣師和九靈篡命圖都了解不多，更不知道你有多厲害，但是，你似乎也不了解靈。」

口罩男不屑地哼了一聲，卻發現陳清雅的目光也古怪起來，目瞪口呆地看著他身後。

順著穆方和陳清雅的目光，口罩男轉過身，頓時一愣。

羅小美身上的冰霜正漸漸化開，臉色紅潤起來，而高琳娜身上的怨氣，也在徐徐散去。

她們周圍彷彿出現了一層無形的防護罩，四周聚攏而來的怨氣，盡數被隔絕在外，漫無目的地盤旋環繞。

「怎麼會?!」口罩男又驚又怒，再次開始結印。

怨氣湧動得越發劇烈，但依然無法靠近高琳娜和羅小美身側三尺之內。

「你做了什麼?!」口罩男轉向穆方，眼中的殺意即便隔著鏡片都不難察覺。

「我什麼都沒做。」穆方攤了攤手：「我剛說了，你不了解靈。」

口罩男沒心情再和穆方鬥嘴，轉身走向高琳娜，卻同樣被一股無形的力量推開。

「高琳娜和羅小美，引動了你我都無法抗拒的力量。」穆方幽幽嘆息：「我這個郵差，充其量只能鑽天道的漏洞，可是她們，卻真正得到了天道的力量……」

話音未落，一股強大而又奇異的力量豁然爆開。

氣流和怨氣激蕩，穆方和陳清雅被這股力量推得連連後退，口罩男則直接飛了出去。

此時再看向高琳娜，她身上已然沒了半點怨氣。

怨靈不再，幽魂重現。

高琳娜，幽魂。

09

靈目的主人

眼看羅小美要被怨氣凍成冰人還不鬆手，高琳娜最終依靠自己的力量，強行散去了身上的怨氣。

穆方明白發生了什麼事，但是他也很難相信高琳娜真的可以做到。

「小，小美……」高琳娜顯得很疲憊，但眼神越發清澈，含著淚哽咽道：「對不起，對不起！妳別死，千萬別死……」

羅小美身上的寒意尚未完全散去，牙齒還在打顫，強笑道：「我怎麼會死呢，我還要……琳、琳娜？」

羅小美愣了下，驚喜地叫出來：「我，我能聽清妳說話了，我能聽到了！」

高琳娜也怔了怔：「我，我好像也能聽到妳……」

「琳娜！」羅小美再度抱住高琳娜的脖子，嚎啕大哭起來：「妳知道嗎，我好想好想妳……」

高琳娜也哭了，抱住羅小美，哽咽得不能自已：「小美，對不起，對不起……我差點害死妳，害死我唯一的朋友……」

陳清雅只能聽到羅小美的話，但看到她們痛哭流涕的樣子，也有些動容，遲疑地對穆方道：「她們，真的可以交流嗎？那隻靈……不，那個高琳娜，真的還保留著人性？」

「萬物皆有靈，怨靈也只是脫去了皮囊的人。」穆方嘆了口氣：「什麼叫人性？在我看來，那些靈體比活人更明白什麼叫人性。」

陳清雅本想反駁，但張了張嘴，卻不知說什麼好。

她雖然聽不懂高琳娜說了什麼，但發生的事卻是親眼目睹。

怨靈破除陣師禁錮，驅散自己的怨氣，變回了幽魂，和一名人類女生抱頭痛哭……

短短幾分鐘發生的事，完全顛覆了她從前學到的東西。

如果靈體真像穆方所說的仍具備人性……那除靈師所做的事，又和殺人有什麼區別？

陳清雅突然有些迷茫和恐慌。

「你，叫穆方是嗎？」

一個陰冷的聲音，突然從黑暗中響起。

穆方和陳清雅猛然轉身，只見口罩男從廢墟中爬出，身上的衣服都破了，墨鏡也碎了一塊，露出一隻陰鷙的眼睛。

「為什麼，為什麼你總是破壞我的好事？為什麼你一定要和我作對?!」口罩男咬牙切齒，怨毒地瞪著他。

「老兄，請搞清楚，我什麼都沒做。」穆方無辜地辯解著，身體卻擺出了戰鬥姿態。

現在陣法已破，羅小美和高琳娜無礙，穆方不會再有任何顧忌。師父老薛和烏鴉都說過，三界郵差與九靈篡命圖之主，註定是死敵。何況以現在的局面來說，他們也沒有和解的可能性。

「護住羅小美和高琳娜，口罩男交給我。」穆方低聲交代。

「噢。」陳清雅正有些失神，沒有反駁，下意識地往後面站了站。

穆方不知道陣師到底有多強大，但他知道自己的斤兩。

雖然跟著烏鴉進行了噩夢般的特訓，學了地府的殺伐之法，但他很清楚，自己頂多能對付對付一般的惡靈。之前真正意義上的對手，百魂聚靈的咪咪算一個，陳清雅的父親陳天明算半個。

可是，能贏過陳天明，是占了對方不了解滅道的便宜；打贏百魂聚靈的咪咪，是因為靈目發生異變……而且不管怎麼說，這些對手再怎麼難纏，終歸有跡可循，現在這個口罩男，卻幾乎沒什麼頭緒。

面對深不可測的對手，穆方能想到的應對方法只有一個。

滅道之一，沖！

突然之間，穆方毫無徵兆地出了手，一道雷射似的光束，徑直向口罩男轟去。

口罩男雙手在身前一劃，一個玄妙陣圖虛空浮現。

轟的一聲，陣圖潰散，口罩男向後退了兩步。

媽的，又是硬接，看你能擋幾次！

穆方絲毫不吝嗇靈力，掌心白芒連吐。

轟轟轟——

一道又一道光束，機關炮似地連續轟出。

在公園石塔和司馬山明的那場架，算是一場烏龍，但是穆方也意識到，要想戰勝口罩男，只有用這種辦法才有機會。

面對蠻不講理的打法，口罩男一時手忙腳亂，不停地張開一個又一個陣圖，抵擋穆方的攻勢。十餘記攻擊過後，口罩男退了二十多步。

穆方看似占了優勢，心裡反而越發不安。自從學了這招後，還沒見過有誰能硬接，更是想都沒想過有人能撐過這麼多下。

穆方稍微走神，手上的動作慢了半拍。

就在這一瞬間，口罩男有了動作。

口罩男五指虛張，雙臂猛地向兩邊一展，好似一隻大鳥捕食，雙臂猛地按在了地面上。

嗡——

口罩男和穆方之間猛然升起一個奇異陣圖，像是兩個圓陣重疊，在虛空中拉出許多螺旋光線。

見這陣圖升起，穆方將手掌強行一扭，改變了滅道的攻擊軌跡。一道光束射向夜空，他將手緩緩放下，臉上閃過幾分懊惱。

口罩男意外地看了穆方一眼：「你認得這個陣？」

「小輪迴陣。」穆方臉色陰沉：「我對陣法的了解肯定沒你多，但我也不是陣盲。」

小輪迴陣！

穆方不會布，但是認得出來。

方才他的攻擊若是從陣上穿過，便會被陣法轉換軌跡，反攻自身。因為可以從某種程度上克制滅道，所以烏鴉特地講解過。

「不愧是三界郵差。」口罩男活動了下手指：「這是大輪迴陣的變形，傳聞出自靈界，已經失傳了千年以上，換成一般人，恐怕早就中招了。」

「謝謝您的誇獎。」穆方嘴上依舊輕鬆，神情卻相當嚴肅。

突襲搶攻行不通，事到如今，只能冒一次險了！

「放心，我現在不會殺你。在九靈篡命圖徹底完成前，我不能殺生。」口罩男將破掉的墨鏡丟掉，十根手指不停地曲伸，好像在空氣中勾劃什麼東西似的。

「但是，作為你干擾我的懲罰，以及掃除未來可能的隱患，我只能把你們封印起來……」

隨著口罩男的話，一個又一個閃亮的陣圖在夜空中不斷閃現。以口罩男為中心，陣圖宛如孔雀開屏似地展開，以肉眼可辨的速度遞增。

「陳清雅，帶羅小美和高琳娜離開，馬上！」穆方臉色陰沉，一口咬破中指，將指血狠狠抹在右眼上。

二段開眼，凶眸現！

「我才不要……」陳清雅本來要拒絕穆方，可突然莫名地打了個冷顫。

穆方開了凶眸後，好像換了個人似的，頭深深低下，頭髮徹底掩住了面龐，兩手好像失去了力量，搖搖晃晃地垂在身前。

他的身體內，緩緩散發出一股異樣的靈力……

與口罩男的氣勢相比，穆方的這股力量並不強大，但是陳清雅在一瞬間就認了出來。

這是在安洪市時，面對那隻強大的凶貓惡靈，穆方所使用的力量。雖然當時她大半時間處於昏迷狀態，只在最後一刻才感應到，可即便只是那一點點時間的印象，已足以讓她銘記終生。

陳清雅跑上前拉住羅小美：「叫妳的朋友跟我們一起走。」

羅小美遲疑地望了穆方一眼，問道：「穆方怎麼辦？」

「他不會有事，妳該擔心那陣師會不會活下來。」陳清雅的表情很糾結。

穆方的靈力雖然比平時強，但也不算誇張，真正讓她畏懼的，是靈力中所蘊含的殺伐之氣。當時她腦袋裡一片空白，只感覺穆方似乎會殺掉整座城市的人。

現在穆方剛開眼，那股氣息還不明顯，陳清雅可不想再體驗一次那種可怕的感覺。

陳清雅拉著羅小美就跑，高琳娜失去禁錮，飄在後面跟著。

口罩男沒有追擊的意思，一雙陰鷙的眼中帶著些許狐疑。

他已見識過穆方的二段開眼，所以起先並不在意，但他隱隱感覺到這次有些不同。靈力強度沒什麼差異，然而這種異樣的感覺，究竟怎麼回事？

穆方那滿帶殺伐之氣的靈力，陳清雅只是畏懼，但對於口罩男來說，卻有著其他意義。這樣的靈力，壓根不該出現在人間界，就算是三界郵差，歸根結柢也是人類，不可能擁有這種靈力。

「你的靈目很有意思。」口罩男本想以力破巧，一舉將穆方封印，但是現在他改變了主意。

穆方的靈目，他想拿到手。

口罩男手指一揚，兩個陣圖從身後飄出，宛如飛盤一般向穆方疾射而去。

尋常人布置陣法限制頗多，但在陣師面前一切都不是問題。像現在這般虛空成陣，再將陣圖丟出，被襲擊的人不管是躲是擋，陣法都會自行發動，根本避無可避。陣師最厲害之處，正是這一點。

穆方沒有抬頭，兩手一翻。

滅道之一，沖！

轟轟兩聲，兩道光束正中陣圖，同時在虛空爆開。

口罩男頓時皺起眉頭。

他也認識這兩個陣法？要不然怎麼會這麼巧，攻擊正好打在陣眼上。

「也好，就讓我來考校你，是不是所有的陣法你都識得。」口罩男曲動十指，一個個陣圖接連不斷地從背後飛出。

穆方任由那些陣圖飄到身邊。

嗡、嗡、嗡——

一團團的華光閃爍，所有陣圖都在穆方身上爆開，片刻後，他就像一個粽子似的，身上布滿了玄妙的光紋。

口罩男再次皺眉。

這麼容易就搞定了？難道剛才他是虛張聲勢？

雖然看上去是這樣，但是口罩男總覺得有哪裡不對。

突然，穆方的身子抖了下，緩緩抬起頭。

透過凌亂的頭髮，一隻凶厲的眼睛在縫隙中露出一抹紅芒。

口罩男心頭一凜。

「呼……」

穆方長長地吐了口氣，身上那些陣圖紋理，就好像被風吹到的灰燼，頃刻間化為烏有。

「愚蠢的螻蟻。」穆方聲音嘶啞，還帶著些許滄桑：「作為你無禮的懲罰……死在這吧。」

話音未落，穆方的身影瞬間消失。

口罩男只感覺眼前一花，瞬間倒飛而出，如破麻袋一樣栽進瓦礫堆中。

他狼狽地爬起來，驚駭莫名地問道：「你，你究竟是誰？」

殺氣，凌厲無比的殺氣。單單是這股殺氣，竟然沖散了陣法！

「我是誰？應該是穆方吧……」穆方困惑地搖了搖頭：「不全是……」

口罩男眼神變幻不定。

三界郵差雖然神祕，但不過是天道的捍衛者和補全者，本身的力量如何，還要看自己的修為。這小子，太邪門了。

「不管你有什麼古怪，都太危險了。」口罩男手印連發，一個個陣圖再度出現。

「重塑天地逆陰陽，百陣拘靈轉乾坤……鎮！」

嗡嗡聲響，漫天大陣鋪天蓋地地向穆方罩下。

封印並不是簡單的拘禁，在封印之中，時間空間幾乎停止，所以在通常情況下，陣法可封靈封妖，卻不能封人，就算真的封進去，人也會在短時間內一命嗚呼。

口罩男目前所用陣法，名為百陣拘靈，是少數能封印人而不傷其性命的法門。不過，也僅僅能保住性命而已。

只要人被封入，十傻九瘋，必失神智。

抬頭看著從天而降的上百陣圖，穆方嘴角露出一抹嗤笑。

「十殿閻君都無法鎮壓我，你這小小的百陣拘靈，也敢賣弄！」

隨著穆方的話音落下，一股異樣氣息沖天而起！無形無色，只有令人戰慄的味道。

氣勢洶洶襲來的陣圖，瞬間粉碎。

口罩男震驚之餘，終於發現了那股力量的來源。

不是穆方，而是那隻血紅的、毒蛇猛獸一般的凶眸！

「你，你……」口罩男顫抖地舉著手指：「這不是人間界的力量，絕對不是！你的眼睛，究竟是什麼東西?!」

陣法威能，需向天地借力。穆方所釋放出的殺伐之氣幾呈實質，生生切斷了陣法與天地法則間的聯繫。這樣的殺伐之氣，除了古代的傳說，口罩男從沒想過自己真的會親眼見到。

穆方靈目的原主人，究竟是誰?!

瞪著殺氣凜然的穆方，口罩男咬了咬牙，將手深入懷裡，抓住一樣東西。可在拿出前，又停住了。

靈目再強，終歸是外物，如果把底牌亮出來，倒不是沒有辦法。但要是真的那樣做了，便是不死不休之局，等同破了殺生禁忌。而且那隻靈目的力量極限，現在也摸不清……

九靈篡命圖只差最後一環，高琳娜失敗了，還能再找別人，然而如果真的栽在這小子手上，傷到了自己的身體，九靈篡命圖，就是真正的功虧一簣。

不行，不能承擔這樣的風險。萬一出了紕漏，就算自己等得起，雲霞也沒那麼多時間了……

口罩男權衡利弊，恨恨地跺腳，終究沒有將懷裡的東西掏出。

「高琳娜這件事就算了，但如果再有下一次，我絕不會輕易放過你！」口罩男當斷則斷，丟下一句狠話，雙手結印，身形一陣虛幻，緩緩消失。

穆方環視四周，再也感應不到什麼氣息。

口罩男，是真的退走了。

突然，穆方的表情扭曲起來，費力地抬起雙手，掐動法訣。

「靈目，封！」

紅芒一閃即逝，穆方的右眼很快恢復了正常。

穆方就像瞬間被抽空了所有力氣，一屁股跌倒在地，躺在地上大口大口地喘息。

雯雯從遠處邁著貓步走來，先觀察了下穆方的情況，又望了望口罩男消失的方向，嗤了一聲。

「那傢伙真是個白痴，竟然這麼簡單就被你嚇跑了。」

除了老薛和烏鴉，雯雯是最清楚穆方底線的。

二段開眼後，就算完全放開靈力限制，穆方也會盡全力穩定神智，力求不被靈目的戾氣影響。這樣雖然比平時強，但仍不是最強狀態。

當初穆方與雯雯交手時，靈力沒現在強，但絕對比現在強大。那個時候，雯雯感覺穆方完全是另一個人。

穆方也清楚這一點，所以剛才完全放開了意識掌控，把身體的主動權徹底交了出去。

這樣做可能導致的後果，穆方和雯雯都很清楚，幸好最後的結局非常完美。口罩男被嚇跑了，靈目也安全封閉。

穆方仰躺在地上大口喘氣，待氣息勻了一些，揉了揉自己的右眼。

雖然剛才是有意為之，但是說出的某些話卻讓穆方自己都很困惑。什麼十殿閻羅鎮壓？就算是嚇唬人，自己怎麼會想到這個？烏鴉說靈目內殘存著原主人的意志，可沒說有原主人的記憶……

正在胡思亂想時，穆方突然聽到一陣熟悉的音樂，愣了一會後才反應過來是手機在響。

穆方掏出手機，看到閃爍的名字，立刻坐起。

「忠哥啊，我好想你……」按下接聽鍵，穆方頓時一陣哭號。

雯雯打了個哆嗦，飛快跑出去老遠。電話另一端的烏鴉李文忠，身上的羽毛也差點都炸了起來，沒好氣地打斷了他。

「閉嘴，你這臭小子逃避特訓，又跑去惹什麼禍了？」

穆方無辜地回道：「沒惹什麼禍，只是和一個口罩男交了手……噢，對了，他是陣師。」

「什麼?!」烏鴉的聲音一下子提高了八度：「和陣師交手?你腦子有洞嗎！」

「我也不想啊，但那傢伙是九靈篡命圖的主人……」

穆方簡明扼要，把事情交代了一遍。

聽他說完，烏鴉沉默了好一會才道：「是不是篡命圖，現在還不好下定論，但如果對方真的是陣師，你今天算是撿了一條小命。如果他和你動真格的，後果不堪設想。」

「我知道，所以今天我是以智取勝。」穆方得意洋洋。

「智慧個屁，我看你是智障！」烏鴉大罵：「你把主動權交給靈目，萬一真的失控，就算那個陣師不弄死你，你也會變成只知殺戮的行屍走肉！」

穆方把電話拿離耳朵，等烏鴉罵得差不多了，才乾笑道：「忠哥，我知道錯了，下次肯定不敢了。」

「有沒有下次你自己清楚。」烏鴉哼了一聲，交代道：「現在別廢話了，等我到石坪再當面收拾你。」

「你來石坪？」穆方奇怪：「來這做什麼？」

「廢話，當然是收拾你的爛攤子！」烏鴉聲音有些嚴肅：「九靈篡命圖收集惡靈是非常有講究的，現在這個失敗了，他不會輕易離開所在城市。」

穆方張了張嘴，有點發愣。

如果沒記錯，這好像是烏鴉第一次主動提出幫忙。

「我先想辦法看看能不能聯繫到你師父，估計兩天後到石坪。」烏鴉又叮囑道：「這兩天你給我老實待著，要是再惹麻煩，一爪子抓死你！」

烏鴉掛了電話，穆方聽著手機裡的忙音，還是有些發愣。

不光烏鴉自己來，竟然還要找師父？這次的事，到底有多嚴重？

此時，穆方突然看到遠處有光亮，似乎有人向這邊快速接近，他強撐著起身，藏到一堆瓦礫後。

「穆方，穆方！」

隨著人影接近，一道焦急的呼喚聲傳來。

穆方探頭一看，原來是陳清雅，跟在旁邊的那個人他也認識，司馬山明。

「我在這。」穆方站起身，有些惱怒；「不是叫妳看著小美和高琳娜嗎？她們人呢？」

口罩男剛剛離開，穆方擔心再生變故。

「都藏好了，你放心。」陳清雅快步跑到穆方身邊：「羅小美是普通人，身上沒靈力，我不在身邊，她反而更不容易被發現。高琳娜我也加了禁制，不會有人感應到她。」

「噢。」穆方心裡踏實了些。

除靈師是專業除靈者，反過來想藏一個靈，也更知道該怎麼做才能藏好。

陳清雅打量四周：「那個口罩男呢？」

「被我打跑了。」穆方臉不紅氣不喘地瞎扯。

「你真厲害！」陳清雅真的信了，鬆了口氣：「我回去時正好碰到山明哥，他察覺到這裡有人打鬥，就一起過來幫忙了。」

穆方本著友好的態度，笑著和司馬山明打了個招呼：「嗨，謝謝。」

司馬山明正往前走，一見穆方對他笑，立刻後退一步，還擺出了防禦姿態。

司馬山明對穆方完全沒有好印象。在古玩街被耍，勉強算是小事，但在公園石塔那次，差點連命都沒了。

「上次不好意思啊。」穆方乾笑兩聲：「我把你當成司馬烈了。」

穆方嘴上說著，眼睛偷瞄司馬山明的反應。

方才一番交手，雖然最後對方只露出了眼睛，但穆方已經九成九認定了口罩男的身分。他現在是要確定，司馬山明到底是站在哪邊。

從上次在石塔偶遇這件事來看，司馬山明要麼和司馬烈同流合汙，要麼也是發現了什麼，去查探的。

司馬山明表情顯得很不自然，沒直接回應他，吞吞吐吐地問道：「剛才，你們……確認是烈爺爺了嗎？」

穆方心裡頓時明朗了七八分，聳肩說道：「我只看到眼睛，不能百分百確定，但如果加上你知道的事，或許就能認定了。」

陳清雅聽不懂，疑惑地問：「你們到底說什麼？」

「口罩男的身分啊。」穆方轉過頭：「如果不出意外，那個人十有八九是司馬烈。」

「烈爺爺？怎麼可能！」陳清雅驚叫：「他都沒有靈力了啊。」

「靈力可以隱藏的，如果是陣師……」司馬山明咬了咬牙，艱難地道：「當初烈爺爺本來有望繼承家主，就是因為研究陣師的事，被爺爺一怒之下廢了靈力，逐出門牆。但如果當時他已經成功了，或許……」

司馬山明來到石坪，是想找司馬烈請教自己的問題，可在無意之間，他發現司馬烈有些異常的舉動。循著蛛絲馬跡，他查到了公園石塔。

雖然他是個陣盲，但還是從種種布置中，看到許多司馬家的影子。他那時戴口罩，是怕被人認出，引起不必要的麻煩，沒想到會遇上穆方。

「你們說的都是猜測，根本沒實際證據。」陳清雅很難相信。

雯雯在一旁小聲道：「如果口罩男是當年害我的人，長相應該更好看些，可不是老頭子。」

穆方想了想，問司馬山明：「冒昧地問一句，司馬烈年輕時是不是和你長得很像。」

司馬山明點了點頭：「我的確和烈爺爺有幾分相似，但烈爺爺比我更英俊，而且天生童顏，他四十多歲時，長得還像二十幾歲。」

「那就對了。」

司馬山明已經很帥了，比他更帥的人，只能用妖異來形容。

天生童顏、黏假鬍子染白髮的司馬教授，和戴著大墨鏡的口罩怪男，以及那些送出的玉石碎片……

將所有的線索湊在一起，答案已經呼之欲出了。

雯雯抬頭看著穆方，爪子在脖子上比了比。

穆方知道，雯雯是要他替她報仇。

「回去查一查司馬烈，多半能找到有用的線索。」穆方才不管陳清雅信不信，他自己心裡有數就夠了。

就算沒有雯雯，司馬烈這種人也絕不能聽之任之。現在他害的還是別人，但說不定哪天就害到自己的親人朋友身上。

「我今晚就去！」司馬山明似乎比穆方還急於找到司馬烈，轉身飛奔而去。

穆方本想阻止，卻被陳清雅攔住了。

「讓他去吧，司馬家的事很複雜。」陳清雅咬了咬嘴唇：「而且就算烈爺爺真是那個陣師，我想他也不會對司馬山明出手。」

從陳清雅的話裡，穆方敏感地察覺到其中有八卦可挖，剛想詳細追問，手機卻響了起來。

這次打來的人是韓青青。

每次看到她的來電，穆方都會頭疼，然而這一次，他卻莫名地產生了一種恐懼感。

算算司馬烈離開的時間，如果趕到韓青青所在地的話……

10

友情

「喂？」穆方鐵青著臉，按下了接聽鍵。

「靠，你那什麼語氣啊，要死了一樣。」

韓青青的聲音在另一端響起，穆方如釋重負地鬆了口氣，但很快，心裡也升起一股無名怒火。

「妳不老實待著，亂打什麼電話啊，不知道我在忙嗎?!」穆方吼了回去。

韓青青沉默了幾秒鐘，非但沒有發火，聲音反倒還低了很多：「靈什麼的，我不懂，沒辦法幫你，但是，我也想做些力所能及的事……」

「呃，那個……」韓青青這個態度，穆方反而不適應了，結巴了兩句，彆扭地問道：「那……妳打電話有什麼事嗎？」

「上次你不是說，高琳娜對她的同學有誤會嗎？」韓青青小心地繼續道：「我找了高琳娜的男朋友，還有她幾個好友，籌辦了一場追思會，她所有的朋友都會到場。」

「追思會？」穆方愣了愣。

「對啊。」韓青青繼續道：「到時候，你可以把高琳娜帶過去。我想，只要她看到大家都很想念她，就算什麼都不說，也不會再有誤會了吧。」

穆方愣住了。

韓青青真的出了個好主意。之前他只死盯著羅小美，想藉由羅小美解開高琳娜的心結，卻沒想到還有這個辦法。

「妳都聯繫好了？什麼時候？」穆方追問。

韓青青答：「最快明天，玲燕姐已經把會場安排好了。」

穆方咋舌道：「這麼快？」

「這算慢的了。」韓青青哼道：「如果不是聽你的話在房子裡留守，我去會場幫忙肯定更快。」

穆方想了想道：「妳收拾一下，我等等回去接妳，我們先去會場看看。」

雖然高琳娜已經自行驅散了怨氣，但心結並未完全解開，如果司馬烈想捲土重來，也不是沒有機會。若是能解開她對朋友的誤解，讓她早入輪迴，一切問題就迎刃而解了。

不過，穆方並不打算等追思會開始才帶高琳娜過去，因為最真實的東西，總是在幕後的。

回去接了韓青青，穆方一行人搭車趕到了華科大校園，追思會會場就在學校禮堂。

「穆方，穆方……」韓青青懷裡抱著雯雯，怯怯地小聲問道：「高琳娜在旁邊嗎？」

穆方奇怪道：「妳想做什麼？」

「我，我想和她打個招呼。」韓青青有些心虛。

雖然她大致接受了靈的存在，但要說心裡一點都不怕，也絕不可能。

穆方壞壞地一笑，隨手指了個方向：「就在那邊。」

「噢。」韓青青鼓足勇氣，轉向那個方向，擺了擺手：「嗨，妳好。」

這時天色已經很晚了，學校裡沒什麼人，一名剛剛回來的小男生正好經過，看到一個漂亮女生對他打招呼，頓時受寵若驚。

「妳，妳好……」

韓青青罵道：「好什麼好，我又沒和你說話！」

小男生愣了下，疑惑地搔了搔腦袋，本想問兩句，但看到韓青青那不善的眼神，還是識趣地快速離去。

穆方在旁邊忍俊不禁，努力憋笑。

陳清雅看不下去，走到韓青青旁邊：「他耍妳呢。高琳娜是靈體，不能四處遊蕩，現在被我封在瓶子裡，不在外面。」

韓青青聞言既是尷尬又是惱怒，生氣地捶了穆方一下，不過心裡的畏懼也消散了許多。

羅小美手裡緊緊抓著一個小瓷瓶，擔心地問道：「琳娜在裡面待久了，會不會有問題？」

「沒事的。」陳清雅解釋：「這是鎮靈瓶，我沒加禁錮的法門，如果高琳娜願意，她甚至可以隨時脫出。」

其實直到現在，陳清雅都有種荒謬的感覺，她明明是除靈師，卻在幫助靈體，如果說出去，大概沒幾個人會相信。

韓青青打了通電話，李玲燕很快地跑來迎接眾人前往追思會禮堂。

穆方原以為只有幾個人在，可等到了會場才發現，至少有幾十個人在幫忙，而高琳娜的同班同學幾乎全來了。

「幫琳娜開追思會是個很好的想法，我們之前竟然都沒想到。」李玲燕感激地看了韓青青一眼：「我只打給幾個比較要好的朋友商量這件事，沒想到全班都知道了，還都來幫忙……」

李玲燕忙著布置會場，招呼幾句，就又轉身忙碌去了。

看了看禮堂內的眾人，穆方和陳清雅對視一眼，立即到禮堂四周放下燭臺，布了一個簡易的四靈陣。

回來後，穆方走到羅小美面前。

「小美姐，把瓶子打開吧。」

羅小美點點頭，將瓶子放在地上，打開了瓶蓋。

韓青青有些緊張，站到了穆方身側，屏住呼吸觀看。

一陣清風拂過，高琳娜的身影漸漸顯露出來，不過在韓青青眼裡，依舊是空蕩蕩一片。

她本想出言詢問，可看穆方神情嚴肅，還是沒有出聲。

高琳娜現身後眨了眨眼。

這裡她很熟悉，小禮堂，班上常在這裡辦活動。不管是什麼活動，她幾乎每次都是眾人的中心、當仁不讓的主角，可是現在，她只感覺非常難過。

「小美。」高琳娜咬了咬嘴唇：「妳帶我來這裡做什麼？」

羅小美沒說話，指了指高琳娜身後。

高琳娜轉過身，看到了同學們忙碌的身影，每張面孔都是那麼地熟悉。

「又要舉辦什麼活動了吧。」高琳娜慘然一笑：「沒有我的日子，大家也都過得挺好。」

「大笨蛋，妳亂說什麼啊。」羅小美氣惱地跺了跺腳：「他們都是妳的朋友，妳怎麼能這麼想他們？他們是在為妳準備追思會，難道妳看不出來嗎？」

高琳娜愣了一下，再度將目光轉了過去。

這時她才注意到，雖然大家都在忙碌，但臉上都有些傷感。他們手裡多是拿著黃白色的花朵，正在細心地將花朵紮成一束束的花束。

還有幾名女同學，選出幾張照片掛到牆上，那些照片當中，無一例外，最醒目的都是高琳娜的身影……

「是你們安排的？」高琳娜神情有些複雜。

「我們可以安排任何事，卻安排不了你們的情誼。」穆方不置可否，隨口轉移了話題。

「上次妳在巴士上見到妳的同學去旅遊，他們並不是自己想要散心，而是為了完成妳的遺願。如果妳不相信，我可以隨便拿任何一個人的手機，給妳看裡面的照片，他們所有人都拿著妳的照片合影。」

高琳娜張了張嘴，喃喃問道：「為什麼你之前沒有告訴我？」

「我告訴妳，妳會信嗎？」穆方無奈道：「妳連小美姐的話都不信，妳會信我這個外人？再加上司馬烈……噢，就是那個口罩男在，我哪有機會和妳說。」

羅小美猶豫了下，接口道：「今天這場追思會，是一個妳不認識的人發起的，不過大家過來，卻是真心實意。」

穆方看了羅小美一眼。

羅小美搖頭道：「我明白，但我相信琳娜能理解，追思會只是個形式，但大家眼裡的思念是裝不出來的。」

高琳娜好像沒有聽到兩人的對話，邁動步伐緩慢地向前走去。

李玲燕正蹲在地上，從書包裡拿出一本筆記本，抱在手裡輕輕地撫摸著，眼裡泛著淚光。

高琳娜認得那個筆記本，是她送給李玲燕的詩集，裡面都是她抄寫的詩文佳句，也有一小部分是她自己的作品。

還有一個同學，在仔細地整理一幅十字繡，那也是她送的禮物……

很多人都帶著和她有關的東西，在追思會時，他們會拿著這些物品，講述和她有關的故事。

沒有一個人說話，大家都在專心地做自己的事。高琳娜在一旁看著，眼眶隱隱也有些發紅。

禮堂裡的同學每個都曾與她朝夕相處，大家準備做什麼，就算不說，她也能明白。

高琳娜突然想到，並不是朋友和同學忘記了她，而是她用懷疑的心去看待別人，是她拋棄了朋友。

李玲燕翻看詩集，肩膀顫抖，另一位女生走到旁邊安慰道：「玲燕，別忘了我們的約定。」

「當然沒忘。」李玲燕抬起頭，努力不讓眼淚滑落。「琳娜是個愛笑的女孩，我們都不能哭，要笑，我笑給妳看。」

李玲燕拿起詩集，翻到一首高琳娜寫的詩，強笑著大聲誦讀。

念第一句時，李玲燕還能克制自己的情緒，可從第二句開始，看著那熟悉的文字，眼淚便止不住地流下。又強撐著念了幾句，她終於無法克制，嗚嗚哭出聲來。

李玲燕的哭聲就好像打開了閥門，其他的同學也陸續抽泣起來。

突然，李玲燕感覺前面好像多了一個人，她茫然地抬起頭，只感覺眼前一花，人影又消失了。

儘管只是驚鴻一瞥，但那個人似乎就是高琳娜。

李玲燕立刻站起身，四下張望。

「琳娜？」

高琳娜靠在禮堂外走道的牆上，已經哭成了淚人兒。

羅小美在一旁急得跺腳：「琳娜，妳為什麼要躲？剛才李玲燕好像已經能看到妳了！」

「我知道。」高琳娜紅著眼：「我能聽到她的話，能聽到所有人的話。我想，大家也應該可以看到我，就像妳一樣。」

羅小美又驚又喜：「那不是更好嗎，妳可以和大家見面了。」

「不！」高琳娜用力搖頭：「我不能見他們。」

羅小美遲疑地問道：「妳是擔心大家見到妳會害怕？」

高琳娜點了下頭，又搖了搖頭。

「更害怕的人，是我。」高琳自嘲地笑了下：「我一直以為自己是個很會交朋友的人，也從不缺朋友，可直到今天我才發現，我其實根本沒有朋友。」

羅小美急了：「琳娜，妳怎麼還這麼說？妳剛才不是都……」

「小美，妳沒明白我的意思。」高琳娜言語間充滿了苦澀。

「妳也好，玲燕和其他同學也好，都是真心把我當朋友。可是我對你們，只是想尋求一種存在感，無論做什麼，我都要成為中心。我快樂，別人就要一起快樂；我難過，別人也要一起難過。即便和妳做朋友，也是因為沒人想接近妳，我能做到別人做不到的事，這會讓我有成就感……」

高琳娜頓了頓，哀傷地繼續道：「可我死了，存在感變成了『零』，我無法再成為中心，我不能再左右別人的情緒……最初我以為自己是怨恨大家忘了我，但現在我才明白，我是怕大家忘了我，怕自己徹底失去存在感……我這樣的人，根本不配有朋友……」

「胡說八道！妳的存在能讓大家開心，讓大家快樂……這難道不正是一個朋友所能做到最好的事嗎？」羅小美憤怒地打斷她：「正是因為妳做到了這些事，大家才會這麼想妳，才會因為妳的離開而難過。而且對於大家來說，妳的存在根本沒有歸零！曾經在一起的那些點點滴滴、歡聲笑語，都是妳存在的最好證明！」

羅小美用力戳著自己的胸口：「妳永遠存在於大家的心裡！在心裡，妳懂嗎！」

高琳娜愣愣地看著她，突然釋然一笑：「認識妳這麼久，第一次見妳發脾氣呢。」

羅小美的臉一下子紅了起來。

高琳娜微笑道：「小美，謝謝妳。能認識妳，可能是我這輩子所做最正確的一件事。」

「妳想明白了就好。」羅小美高興地說：「那現在，妳能和大家見面了吧？」

「還是不了。」高琳娜向禮堂裡看了看：「現在這樣挺好的，我不該再介入大家的生活。」

「妳……」羅小美還想爭辯，穆方在旁邊拉了她一下。

「聽琳娜的吧。」穆方輕輕道：「陰陽兩隔，人靈殊途，靈的世界，普通人還是不要介入太多。在這方面，擁有通靈眼的妳，應該比其他人更明白。」

李玲燕等人和高琳娜的同學之情至純至真，但與親情相比，還是有一定區別，如果高琳娜貿然出去相見，勢必對他們以後的生活造成影響。這一點，高琳娜和穆方明白，羅小美也不難懂。

羅小美咬了咬嘴唇：「其他人就算了，可是劉斌呢？」

高琳娜向禮堂中又望了一眼，劉斌正抱著她的遺物流淚。

「那個傻瓜。」高琳娜勉強地笑了笑：「學校裡的愛情，純粹、沒有任何雜質……細細想來，也算是友情的一種。現在我這個樣子，和他之間不可能有未來了，就讓這段美好的記憶，一直這樣保持下去吧。」

「小美，替我好好守護吧。」高琳娜握住羅小美的手：「友情也好，愛情也罷，我不能繼續下去了。我要拜託妳，替我繼續走下去，妳看到的世界，就會是我看到的。」

任務完成！

鐘呂似的聲音在冥冥中響起，同時竄出一股呈螺旋狀盤旋的異樣氣流，漸漸地，在眾人旁邊，幻化出一個流光溢彩的隧道。

輪迴之門。

看著輪迴之門，穆方心中雪亮。

這次任務，羅小美其實只是個代言人，真正的送信人，是高琳娜所有的同學。

在羅小美能聽懂高琳娜的話時，天道沒有給出提示，可是現在，高琳娜徹底明悟，天道才給出答覆，並出現輪迴之門。

「我，我好像也看到了！」韓青青瞪大了眼。

輪迴之門出現，天道溝通陰陽，韓青青終於能窺到一絲端倪。

除了輪迴之門的輪廓，她也看到了高琳娜的樣子。

「琳娜，該上路了。」韓青青的反應提醒了穆方，如果動作不快一點，李玲燕她們也會發現這裡的異狀。

「琳娜，我……」

羅小美的眼淚瞬間噴湧而出。

她想讓高琳娜留下，一直陪著她，但擁有通靈眼的她也明白，這種要求不可能實現。

「我送妳一件禮物。」高琳娜笑著說：「通靈眼一直讓妳很困擾吧。我跟著那個壞蛋的這段時間，也學到一點東西呢。」

高琳娜輕輕捧住羅小美的臉，兩縷光帶從頭頂飄出，注入羅小美的雙眼當中。

羅小美瞬間失去了意識，雙手軟軟地垂下。

穆方皺了皺眉頭，不確定高琳娜要做什麼。

陳清雅在旁邊愣了愣，突然驚叫出聲：「她要用自己的靈力封住通靈眼！」

穆方哦了一聲：「那不是很好嗎？」

對於普通人來說，通靈眼並不是什麼好東西，如果能封印起來，對羅小美反而是好事。

「沒那麼簡單。」陳清雅面色複雜：「高琳娜是以自己為媒介，封堵通靈眼的通靈之力，完成之後，她……會魂飛魄散……」

「什麼？」穆方大驚：「怎麼阻止她？」

「沒辦法阻止。」陳清雅咬著嘴唇：「這是靈體的自主行為，別人不能強迫也無法干預。強行介入的話，兩個人都會……」

這是第一次，陳清雅對高琳娜用上「人」的字眼。

除靈師的歷史中，不乏有通靈眼之人，曾有紀錄，某具通靈眼的除靈師遭受惡靈搏命反撲，導致通靈眼被封。

陳清雅從沒想到，自己第一次親眼目睹，竟是在這種情況下。

看著高琳娜的身體越來越透明，穆方心情複雜莫名。

高琳娜之前的想法的確有問題，可是臨到最後，她卻用這樣的方式詮釋了和羅小美的友誼。誰說只有親情才能感天動地？友情一樣可以捨生忘死。

「妳看到的世界，就會是我看到的……」

穆方重複了一遍高琳娜之前說的話，現在他才明白，這句話的真實含意。

過了片刻，羅小美的身軀軟倒在地，韓青青連忙伸手扶住。

高琳娜的身形已淡得幾乎看不見了，她對著穆方說了句話，卻沒發出任何聲音。

不過，穆方依然看懂了。

「不要告訴小美。」

穆方眼睛泛紅，用力點了點頭。

高琳娜釋然一笑，身形徹底消散，輪迴之門閃爍了一陣，一併消失無蹤。

這時，察覺到異常的李玲燕和幾名同學走了出來。

「剛才怎麼了？好像有光？」李玲燕詢問。

「是小美姐暈倒了。」穆方答。

李玲燕等人吃了一驚，連忙上前查看。

「快，把人送去醫務室。」

看著眾人飛奔而去的身影，穆方嘆了口氣。

有這樣一群同學，還真是挺不錯的。

雯雯爬上穆方的肩頭，沒心沒肺地道：「大叔，很羨慕吧。仔細想想，這樣的朋友你好像連一個都沒有呢。」

「靠，少看不起人！」穆方咬牙。

其實雯雯也沒說錯，自己除了同桌馬梁之外，和其他同學的關係都不怎麼樣，甚至連名字也記不得。等將來上了大學，這點必須改正才行。

不過該怎麼做呢？帶他們組隊幫靈送信？

穆方自顧自地亂想時，陳清雅接了一通電話。

「是山明哥。」陳清雅說完電話，神情複雜：「他去烈爺爺住的地方查過了，沒找到人，但查到了其他東西，都和陣師有關。如果沒意外，大致可以確定烈爺爺就是……

「他已經聯繫了家族內部，司馬家的人明天就會到石坪，老家主司馬風帶隊。我大伯好像也知道了，和我爸爸都會盡快趕來。」

穆方怔住幾秒，瞪大了眼。

兩大除靈師世家的家主都要來石坪？之前忠哥好像也說，要找師父一起過來……

嘿，看來之後的日子會很熱鬧。

——《幽鬼宅急便04》完

俗人

高寶書版集團
gobooks.com.tw

輕世代 FW121
幽鬼宅急便04

作　　者　俗　人
繪　　者　言　一
編　　輯　林紓平
校　　對　林思妤
美術編輯　陸聖欣
企　　劃　林佩蓉
排　　版　彭立瑋
出　　版　英屬維京群島商高寶國際有限公司臺灣分公司
　　　　　Global Group Holdings, Ltd.
地　　址　臺北市內湖區洲子街88號3樓
網　　址　gobooks.com.tw
電　　話　(02) 27992788
電　　郵　readers@gobooks.com.tw（讀者服務部）
　　　　　pr@gobooks.com.tw（公關諮詢部）
傳　　真　出版部　(02) 27990909　行銷部 (02) 27993088
郵政劃撥　19394552
戶　　名　英屬維京群島商高寶國際有限公司臺灣分公司
發　　行　希代多媒體書版股份有限公司/Printed in Taiwan
初版日期　2015年1月

國家圖書館出版品預行編目(CIP)資料

幽鬼宅急便/ 俗人著.-- 初版. -- 臺北市：
高寶國際, 2015.01-
　冊；　公分. --

ISBN 978-986-361-090-8(第4冊：平裝)

857.7　　　　　103016005

三日月書版

三日月書版

GOBOOKS
& SITAK
GROUP ©

GOBOOKS
& SITAK
GROUP©